OBSERVACAO
HOMEM DA
AREIA
CARTA
TECLADO
MÃO DE UM AUTOMATO.

O homem da areia

E. T. A. Hoffmann

ILUSTRAÇÕES

Eduardo Berliner

1

Nathanael para Lothar

Com certeza vocês estão bastante preocupados, já que não escrevo há muito, muito tempo. Mamãe sem dúvida está furiosa, e Clara pode achar que vivo aqui no bem-bom e me esqueço por completo de sua encantadora imagem angelical, tão impregnada em meu coração e minha mente. Mas não é bem assim; todo dia e toda hora penso em vocês, e me vem em doces sonhos a adorável figura de minha encantadora Clarinha, que me sorri tão graciosamente com seus olhos claros, tal como fazia quando eu chegava aí. Ah, como poderia lhes escrever nesse estado de espírito dilacerado que tem me perturbado os pensamentos?! Me aconteceu uma coisa horrível! Pressentimentos obscuros de uma terrível sina iminente pairavam sobre mim como nuvens negras, impenetráveis a qualquer raio de sol benfazejo. Agora devo contar o que me aconteceu. Tenho de fazê-lo, eu sei, mas só de pensar já começo a rir de nervoso. Ah, meu querido Lothar! Como eu poderia explicar que aquilo que me aconteceu há alguns dias de fato conseguiu devastar por completo minha vida?! Se você estivesse aqui, poderia ver com seus olhos; mas agora com certeza vai me considerar um visionário maluco. Em suma, o que me aconteceu de horrível, o que me deixou com impressões mortíferas que em vão me esforço por tirar da cabeça, consiste simplesmente no fato de que há alguns dias, a saber, em 30 de outubro, na hora do almoço, um vendedor de barômetros entrou no meu quarto e me ofereceu sua mercadoria. Não comprei nada, inclusive ameacei empurrá-lo escada abaixo, de modo que ele acabou indo embora por vontade própria.

Você deve imaginar que só associações muito particulares, de impacto profundo em minha vida, poderiam

conferir um significado a este acontecimento, e explicar por que a pessoa daquele desafortunado comerciante me parecesse tão hostil. É isso mesmo. Reúno todas as forças para contar com tranquilidade e paciência episódios de minha mais tenra infância, de modo que sua mente aguda tenha uma imagem lúcida e nítida de tudo. Mal começo e ouço você rir e Clara dizer: "Que tremenda infantilidade!". Zombem, eu lhes peço, zombem de coração! Eu lhes peço! Mas Deus do céu! Meus cabelos se arrepiam e é como se eu lhes rogasse que zombassem de mim em um louco desespero, como Franz Moor rogou a Daniel. Vamos agora aos fatos!

Eu e minhas irmãs víamos papai muito pouco durante o dia, apenas na hora das refeições. Ele devia estar muito ocupado com seu trabalho. Depois do jantar, que segundo o velho costume era servido às sete horas, íamos todos, inclusive mamãe, para o gabinete de papai e sentávamos ao redor de uma mesa redonda. Papai fumava e bebia um copo grande de cerveja. Muitas vezes nos contava histórias maravilhosas e ficava tão entusiasmado que o cachimbo sempre apagava, e eu tinha de acendê-lo de novo, com uma folha de papel em chamas, o que me dava imenso prazer. Outras vezes ele nos oferecia livros ilustrados e, sentado mudo e rígido na poltrona, soprava uma fumaça densa, de modo que parecíamos flutuar na neblina. Nessas noites mamãe ficava muito triste e, mal o relógio batia nove horas, ela falava: "Agora, crianças! Cama! Cama! Eu pressinto que o homem da areia está chegando".

E toda vez de fato eu escutava passos pesados e lentos na escada, fazendo barulho; devia ser o homem da areia. Certa ocasião, aquele passo abafado e ruidoso me foi especialmente amedrontador; perguntei a mamãe ao sairmos do gabinete: "Mamãe! Quem é o malvado homem da areia que sempre nos afasta do papai? Que aparência ele tem?".

"Não existe homem da areia nenhum, meu querido", mamãe replicou. "Quando digo que o homem da areia vai chegar, quero dizer apenas que vocês estão sonolentos e não conseguem mais ficar com os olhos abertos, como se alguém tivesse jogado areia neles."

A resposta de mamãe não me convenceu, e, em minha alma de criança, despontou claramente a ideia de que ela negava a existência do homem da areia para que não ficássemos com medo dele... eu sempre o ouvia subindo as escadas. Morrendo de curiosidade por saber mais daquele homem da areia e de sua relação conosco, crianças, perguntei enfim à senhora que cuidava de minha irmã caçula: "Mas que tipo de homem é o homem da areia?".

"Ora, Nathanael, meu pequeno", ela disse, "você ainda não sabe? É um homem mau que aparece para as crianças que não querem ir pra cama e joga um punhado de areia nos olhos delas, com isso, seus olhos saltam para fora, sangrando, e ele então os coloca no saco e leva à lua crescente para alimentar suas criancinhas, que estão no ninho e têm bicos curvos, como os de coruja, para bicar os olhos das criancinhas travessas."

Dentro de mim se formou uma imagem terrível do tenebroso homem da areia. À noite, assim que a escada rangia, eu tremia de medo e assombro. Um grito balbuciante, entre lágrimas, era a única coisa que minha mãe conseguia tirar de mim: "O homem da areia!

O homem da areia!". Eu ia para o quarto de dormir e a noite inteira a horrível visão do homem da areia me atormentava. Já estava bem crescidinho para saber que a história que a ama-seca havia me contado sobre aquele homem e seu ninho de crianças na lua crescente dificilmente seria verdade; para mim, entretanto, ele continuava sendo um terrível fantasma, e o pavor, o assombro, tomava conta de mim não apenas quando o escutava subindo a escada, mas também quando abria intempestivo a porta do gabinete de meu pai e entrava. Às vezes ele ficava muito tempo sem aparecer, então passava a vir com frequência. Isso durou anos, e não pude me acostumar àquela estranha assombração, nem à imagem do pavoroso homem da areia se atenuou em mim. Seu convívio com meu pai passou a ocupar cada vez mais minha fantasia: uma insuperável timidez me impedia de perguntar a meu pai sobre essa relação. Com os anos, contudo, foi crescendo a vontade de eu mesmo investigar, por conta própria, o segredo, e conhecer o fabuloso homem da areia — que me levou pelas trilhas do maravilhoso, da aventura, que tão facilmente se incutem na alma infantil. Nada me era mais agradável do que ouvir ou ler histórias tenebrosas de duendes, bruxas e polegares; mas em primeiro lugar vinha sempre o homem da areia, que eu desenhava com giz, carvão, em formas as mais esquisitas e abomináveis, em mesas, armários e paredes.

Quando completei dez anos, mamãe me transferiu do quarto de criança para um cubículo que ficava no corredor, perto do gabinete de meu pai. Ainda continuávamos a nos retirar assim que, com a batida das nove horas, ouvíamos chegar aquele desconhecido. De meu cubículo, eu o escutava entrar no gabinete de meu pai e logo em seguida era como se um sutil vapor com um cheiro esquisito se espalhasse pela casa. Com a curiosidade, crescia cada vez mais a coragem de encontrar, de alguma maneira, o homem da areia. Muitas vezes, depois de mamãe já ter se retirado, eu saía do cubículo às escondidas e corria para o corredor, mas não conseguia espreitar nada, pois ao chegar ao local onde poderia vê-lo, ele já havia entrado. Enfim, movido por um ímpeto irresistível, decidi me esconder dentro do gabinete de meu pai e aguardar o homem da areia ali.

No silêncio de papai, na tristeza de mamãe, certa noite percebi que o homem da areia viria; fingi cansaço e deixei o aposento antes das nove; me escondi num canto bem ao lado da porta. A porta da entrada rangeu, ouviram-se passos lentos, pesados, estrondosos pelo corredor na direção da escada. Mamãe passou apressada por mim, junto com minhas irmãs. Abri silenciosamente, bem silenciosamente, a porta do gabinete de meu pai. Ele estava sentado, como sempre, mudo e rígido, com as costas viradas para a porta; não me viu, e eu rapidamente entrei e me escondi atrás da cortina do armário que ficava bem ao lado da porta. Próximos, cada vez mais próximos, os passos retumbavam — alguém do lado de fora tossia, chegavam rangidos e resmungos insólitos. O coração tremia de medo e expectativa. Rente, bem rente à porta, um passo nítido — uma pancada forte na maçaneta e a porta se abriu fazendo um barulho estrepitoso! Tomei coragem, entreabri a cortina e com muita cautela olhei para fora. O homem da areia estava em pé no meio do cômodo diante de meu pai, um claro facho de luz iluminava seu

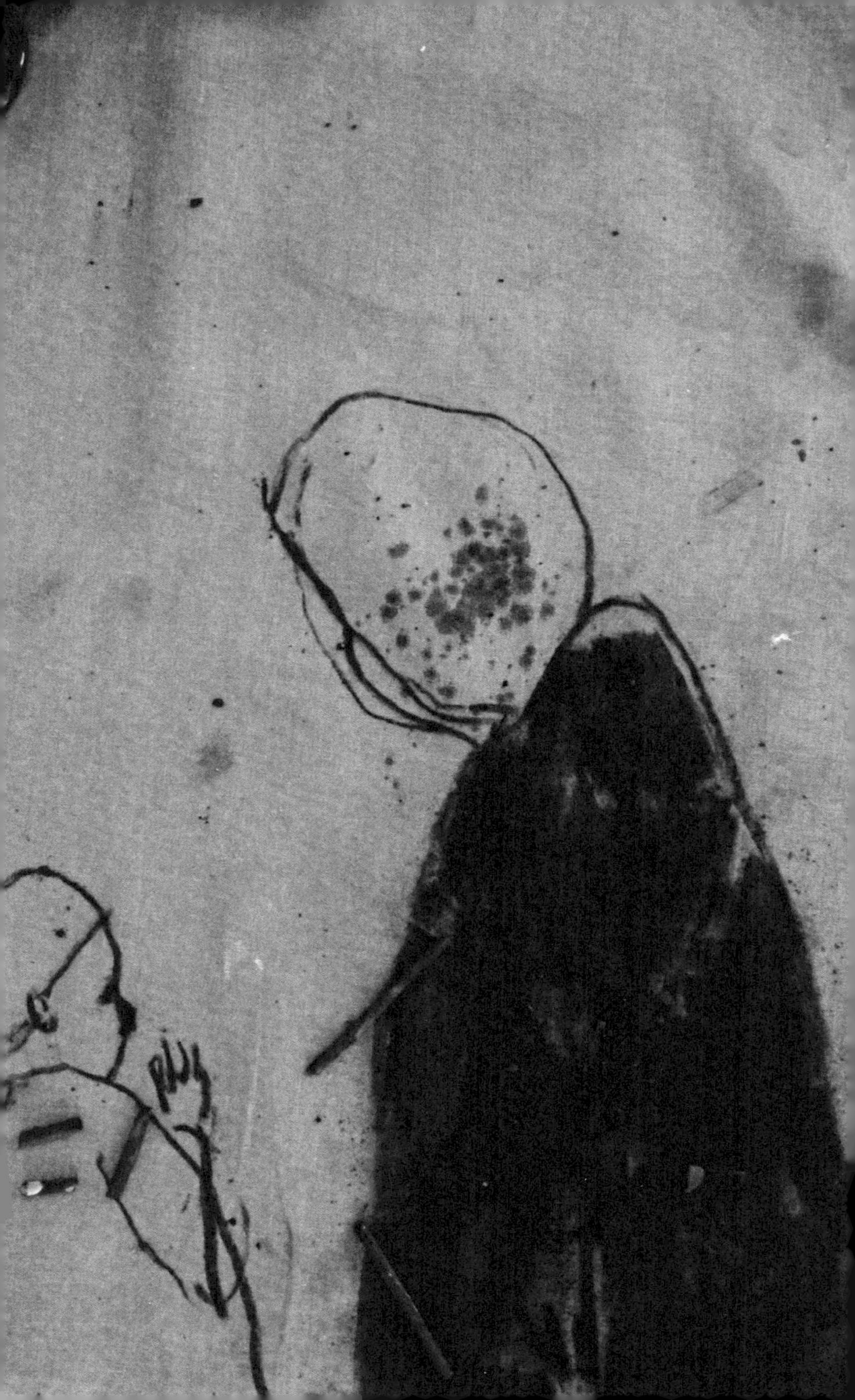

rosto! O homem da areia, o temível homem da areia é o velho advogado Coppelius, que às vezes vem almoçar com a gente!

A figura mais horrível não me provocaria assombro tão profundo como esse Coppelius. Imagine um homem grande, de ombros largos, a cabeça enorme e disforme, o rosto amarelo terroso, sobrancelhas cinzentas e hirsutas sob as quais reluzia um par de olhos de gato verdes e penetrantes, um nariz grande e pronunciado que ia até o lábio superior. A boca torta se contorce repetidas vezes num sorriso sardônico; suas bochechas apresentam manchas escarlates, um som sibilante e esquisito passa por seus dentes cerrados. Coppelius chegava sempre com um casaco cinza de corte ultrapassado, colete e calças da mesma cor, meias pretas, bem como os sapatos, com pequeninas fivelas ornadas de pedras. A pequena peruca mal cobria sua cabeça, os cachos laterais ficavam bem acima das grandes orelhas vermelhas e os cabelos eram presos por uma redinha no alto da nuca, de modo que se via o fecho de prata que fixava a gravata plissada. De um modo geral, sua figura era repugnante e horrível; mas para nós, crianças, eram sobretudo suas enormes mãos ossudas e peludas que nos causavam verdadeiro nojo, tanto que não queríamos mais tocar no que ele encostara. Ele percebeu isso, e então sentia prazer em tocar, sob qualquer pretexto, algum pedacinho de bolo ou uma fruta que nossa boa mãe pusera discretamente no prato, e assim nós, com os olhos marejados, cheios de asco e horror, não queríamos mais desfrutar das gostosuras que iríamos saborear. Ele fazia a mesma coisa quando, nos dias festivos, papai nos oferecia um copinho de vinho doce: passava rapidamente a mão na borda do copo ou o aproximava de seus lábios azuis e soltava uma risada diabólica, enquanto só podíamos expressar nosso dissabor soluçando baixinho. Ele costumava nos chamar os bestinhas; quando vinha, não podíamos dar um pio, e maldizíamos o homem odiável e hostil que estragava de propósito nossa alegria mais ínfima. Assim como nós, mamãe também parecia odiar o repulsivo Coppelius, pois tão logo ele aparecia, sua serenidade, sua natureza jovial e desenvolta dava lugar a uma gravidade triste e sombria. Papai o tratava como um ser superior, cujas descortesias tínhamos de tolerar e cujo bom humor deveria ser preservado a todo custo. Bastava que fizesse uma discreta alusão, e seus pratos preferidos eram preparados, acompanhados de vinhos especiais.

Ao ver esse Coppelius, senti em minha alma, apavorado e estarrecido, que o homem da areia só podia ser ele; mas esse homem da areia não era mais aquele bicho-papão das histórias da carochinha que pegava os olhos das crianças para alimentar o ninho da coruja na lua crescente — não! Era um monstro horrível e tenebroso que levava ruína temporal e eterna, desgraça, miséria, a todo lugar por onde passava.

Estava totalmente siderado. Correndo o perigo de ser descoberto e, portanto, severamente punido, fiquei em pé, imóvel, espiando através da cortina. Cerimonioso, meu pai recebeu Coppelius. "Vamos! Ao trabalho", gritou o visitante com voz rouca e áspera, tirando o casaco. Papai, sem dizer palavra e com um ar soturno, despiu seu roupão e ambos vestiram um longo avental preto. Não reparei de onde pegaram os aventais. Papai abriu a porta dupla de um armário embutido; e aquilo que eu sempre

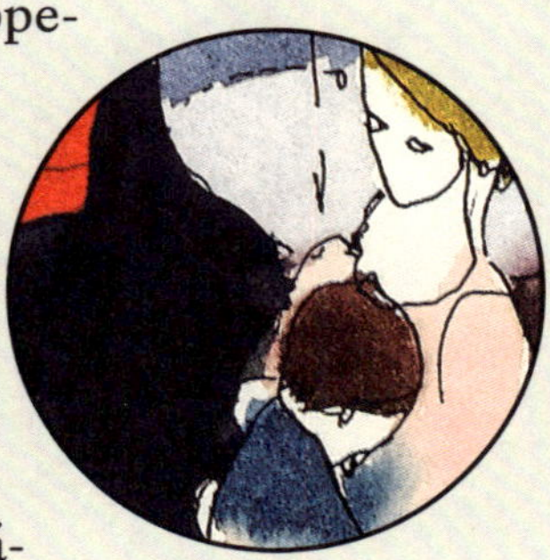

pensara ser um armário embutido era, na verdade, uma gruta escura, onde havia um fogão. Coppelius se aproximou dele e uma chama azulada crepitou. Havia ali todo tipo de utensílios esquisitos. Meu Deus! Ao se debruçar sobre o fogo, meu pai tinha uma aparência completamente diversa. Uma dor terrível, convulsiva, parecia ter transformado suas feições ternas e íntegras numa feia e repugnante imagem do diabo. Estava parecido com Coppelius. Este balançou o alicate vermelho em brasa e com ele tirou da fumaça espessa massas reluzentes e então as martelou com cuidado. Eram como que faces humanas, mas sem os olhos — no lugar destes, monstruosas e profundas cavidades negras. "Olhos pra cá! Olhos pra cá!", gritava Coppelius com voz abafada e ameaçadora. Tomado de horror, soltei um guincho pavoroso e despenquei de meu esconderijo, me estatelando no chão. De repente Coppelius me agarrou: "Seu bestinha, seu bestinha!", ele gritava arreganhando os dentes; então me ergueu e me atirou em cima do fogão. A chama começou a chamuscar meu cabelo: "Agora sim temos olhos — olhos! — um bonito par de olhos de criança". Coppelius assim murmurou, e com as mãos pegou alguns grãos incandescentes para salpicar em meus olhos. Meu pai ergueu as mãos em súplica e gritou: "Mestre! Mestre! Deixe os olhos de meu Nathanael! Deixe-os para ele!". Coppelius soltou uma gargalhada estridente e gritou: "O garoto pode ficar com os olhos e choramingar por sua sina no mundo; não obstante, observemos mais de perto o mecanismo das mãos e dos pés". E nisso me agarrou com tal violência que as articulações estalaram. Ele torceu minhas mãos e pés, jogando-os ora pra lá, ora pra cá. "Assim não está certo! Do outro jeito estava bom! Agora entendi!" Assim chiava e sussurrava Coppelius. Tudo ao meu redor ficou negro e escuro, uma súbita convulsão trespassou nervos e ossos, não senti mais nada. Um sopro suave e quente me passou pelo rosto e despertei como de um sono profundo; minha mãe estava inclinada sobre mim. "O homem da areia ainda está aqui?", balbuciei. "Não, meu querido, ele já está longe, longe, não te fará mal algum!" Assim falou minha mãe e beijou e abraçou seu menino convalescente.

Meu querido Lothar, para que te aborrecer com tantos detalhes, se ainda resta tanto pra contar? Chega! Ao espionar, fui descoberto e maltratado por Coppelius. O medo e o susto me provocaram uma febre alta que me deixou acamado por semanas. "O homem da areia ainda está aqui?" Foi a primeira coisa de saudável que eu disse, e o sinal de minha recuperação, de minha redenção. Só me deixe contar o momento mais assustador dos anos de minha infância; aí então você vai se convencer de que, se tudo me parece sem cor, não é por deficiência de meus olhos, mas por uma fatalidade obscura ter, de fato, posto um véu turvo de nuvens sobre minha vida, que eu talvez só consiga rasgar ao morrer.

Coppelius não foi mais visto; dizem que abandonou a cidade.

Um ano deve ter se passado quando, à noite, conforme o antigo e imutável costume, estávamos sentados à volta da mesa. Papai parecia bem alegre e contava muitas coisas divertidas das viagens que fizera na juventude. Quando bateram nove horas, ouvimos de repente a porta da casa ranger, e passos lentos e pesados ressoarem pelo corredor subindo a escada. "É Coppelius", disse minha mãe, empalidecendo. "Sim! É Coppelius", repetiu meu pai, com voz abatida e quebrada. Lágrimas escorriam dos olhos de mamãe. "Mas pai, pai!", ela gritava, "isso é mesmo necessário?" "É a última vez!", ele disse, "é a

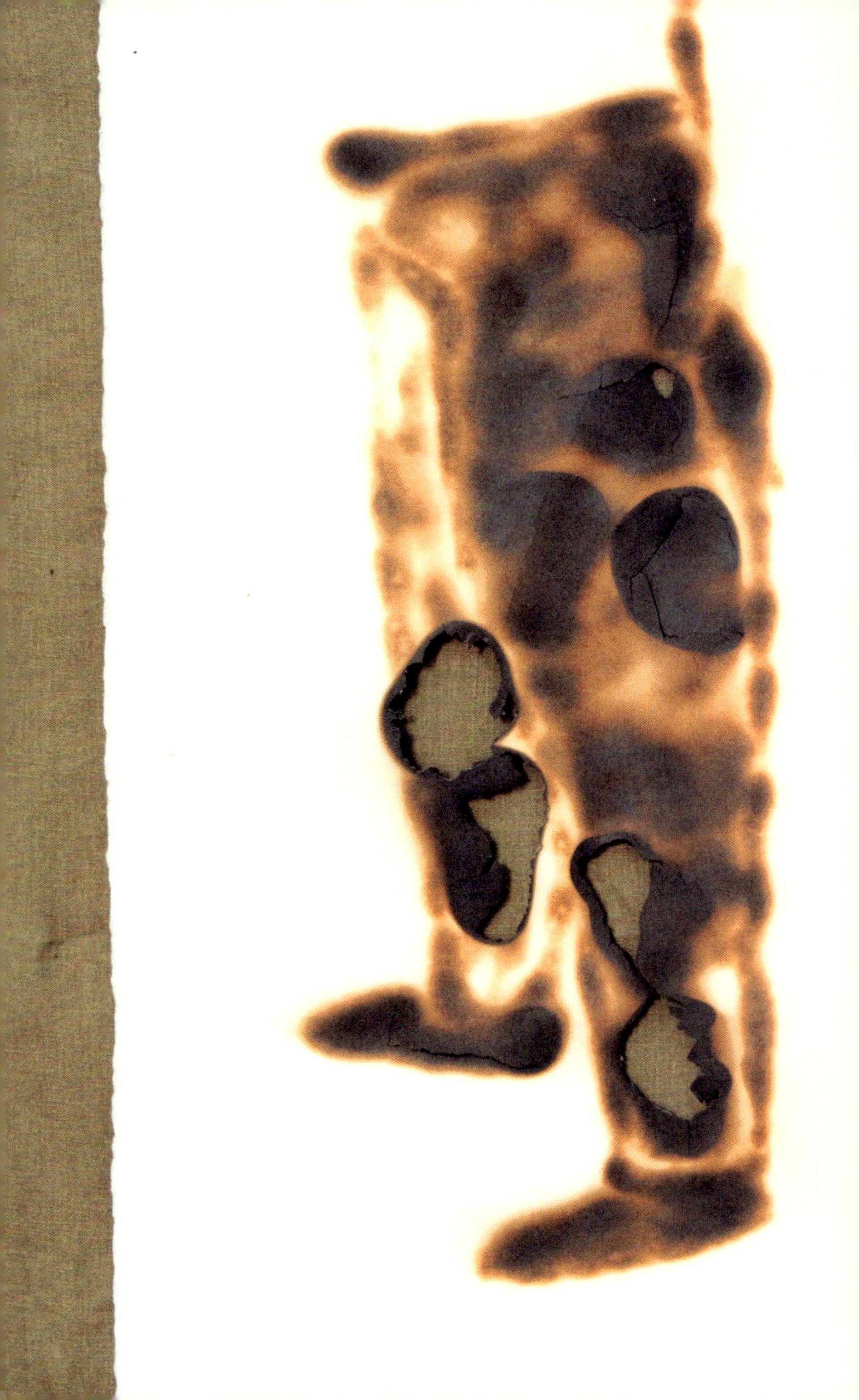

última vez que ele vem aqui, eu te prometo. Vá, vá com as crianças! Vão! Vão pra cama! Boa noite!”

Senti como se uma pedra pesada e fria me pressionasse o peito, minha respiração parou! Fiquei em pé, paralisado, e minha mãe me pegou pelo braço: “Venha Nathanael, venha!”. Me deixei conduzir e entrei em meu cubículo. “Fique calmo, fique calmo, deite! Durma, durma”, disse minha mãe em tom fúnebre; no entanto, atormentado por um indescritível medo e desassossego, não consegui pregar os olhos. O odiável e pavoroso Coppelius estava diante de mim com os olhos brilhantes e um riso maligno, em vão tentei apagar sua imagem. Devia ser já meia-noite quando ocorreu um estouro apavorante, como se um morteiro tivesse sido disparado. Toda a casa tremeu, ouvi através da porta de meu quarto uma correria e ruídos metálicos, a porta da casa bateu tilintando. “É Coppelius!”, gritei apavorado, pulando da cama. Ouviam-se guinchos, lamentos lacerantes e desesperados; disparei para o gabinete de meu pai, a porta estava aberta, um vapor sufocante veio em minha direção, a empregada gritou: “Ah! É o patrão! É o patrão!”; diante do fogão fumegante, meu pai jazia no chão, morto, com o rosto terrivelmente desfigurado, enegrecido e queimado; a sua volta choravam e gemiam minhas irmãs, minha mãe desmaiara ao lado delas! “Coppelius, infame Satanás, você matou meu pai!” Gritei e desfaleci. Quando dois dias depois puseram meu pai no caixão, suas feições já eram brandas e dóceis, como haviam sido na vida. Confortado, senti em minha alma que seu pacto com o diabólico Coppelius não o levaria à perdição eterna.

A explosão acordara a vizinhança, o acontecimento se tornou público e chegou às autoridades, que queriam intimar Coppelius. Mas ele desapareceu sem deixar rastros.

E se eu te disser, meu querido amigo, que aquele comerciante de barômetros era precisamente o infame Coppelius, você compreenderá por que interpretei sua aparição hostil como a chegada de um terrível mal. Coppelius estava vestido de maneira diferente, mas seu perfil e suas feições estão tão arraigados em minha alma que dificilmente eu poderia me enganar. Além disso, ele nem mudou o nome. Ouvi dizer que ele se passa aqui por mecânico piemontês, e se chama Giuseppe Coppola.

Aconteça o que acontecer, estou decidido a enfrentá-lo e vingar a morte de meu pai.

Não conte nada a minha mãe sobre a aparição do terrível monstro. Mande lembranças a minha querida e doce Clara, vou escrever para ela num estado de ânimo mais tranquilo. Fique bem etc. etc.

NOVEMBRO

Clara para Nathanael

É verdade que há tempos você não me escreve, mas mesmo assim acho que você me tem em seu coração. Você de fato pensava em mim, pois ao enviar sua última carta a meu irmão Lothar, em vez de escrever o nome dele no envelope, você anotou o meu. Abri a carta com alegria e só percebi o engano quando li: "Ah, meu querido Lothar!". Eu não deveria ter continuado a lê-la, e sim entregá-la a meu irmão. Às vezes você troçava de mim, na infância, dizendo que eu tinha um temperamento tão calmo e sensato que eu seria aquele tipo de mulher que, com a casa prestes a desmoronar, antes de fugir ainda alisaria às pressas um amassado na cortina — agora não posso garantir nada disso, já que o começo de sua carta me abalou profundamente. Mal conseguia respirar, perdi o pé. Ah, meu amado Nathanael! Que coisa horrorosa teria te acontecido?! A ideia de nos separarmos, de nunca mais te rever, atravessou meu peito como a ponta de um punhal incandescente. Eu não conseguia parar de ler! Sua descrição do repugnante Coppelius é monstruosa. Só agora soube da morte terrível e violenta de seu bom e velho pai. Meu irmão Lothar, a quem então restituí o que lhe era de direito, procurou me acalmar, em vão. O maldito comerciante de barômetros Giuseppe Coppola me perseguia a cada passo, e chego a ficar envergonhada ao admitir que ele conseguiu perturbar meu sono, em geral sereno e tranquilo, com diversas aparições estranhas. Mas já no dia seguinte minhas impressões eram bem outras. Não se aborreça comigo, meu amado, se por acaso Lothar lhe disser que eu, apesar de seu pressentimento peculiar de que Coppelius poderia lhe fazer mal, estou, como sempre, com o espírito bem sereno e descontraído.

Para ser sincera, creio que tudo de terrível e monstruoso de que você fala ocorreu só dentro de você, o mundo exterior real e verdadeiro provavelmente contribuiu pouco para isso. O velho Coppelius pode ter sido terrivelmente repugnante, mas como ele odiava crianças, foi isso que produziu em vocês verdadeira repulsa.

É claro que em sua alma infantil o pavoroso Homem da Areia da história da ama-seca se confundiu com o velho Coppelius, e a seus olhos ele ficou sendo um monstro tenebroso, perigoso sobretudo para as crianças, ainda que você não acreditasse no homem da areia. A estranha atividade noturna dele com seu pai consistia em experimentos alquímicos que eles realizavam em segredo, e que sua mãe não aprovava, já que decerto demandavam muito dinheiro e, além disso, como sempre ocorre com esse tipo de gente, a mente de seu pai, tomada por um desejo ilusório de abarcar uma sabedoria profunda, foi se afastando da família. É quase certo que a imprudência de seu pai tenha provocado a morte dele, e que Coppelius não tenha culpa. Acredita que ontem perguntei ao boticário, nosso vizinho, que entende dessas coisas, se era possível, com um experimento químico, uma tal explosão instantânea e mortífera? Ele disse: "Com certeza", e me descreveu à sua maneira, por demais extensa e complicada, como aquilo poderia acabar, citando tantos nomes estranhos que não pude guardá-los. Agora aposto que você vai ficar chateado com sua Clara, e vai dizer: "Em sua alma de gelo não penetra nenhum raio de mistério, que muitas vezes envolve com braços invisíveis o ser humano; ela enxerga apenas

a colorida superfície do mundo e se alegra como uma criancinha com o reluzente fruto de ouro cujo interior abriga um veneno mortal".

Ah, meu amado Nathanael! Você não acha que também nas almas alegres, descontraídas, despreocupadas, pode se insinuar o pressentimento de uma força obscura e hostil que busca nos destruir? Me perdoe, no entanto, se eu, uma simples garota, de algum modo me meto a explicar o que, no fundo, penso sobre esse embate interior. Ao fim e ao cabo pode ser que não encontre as palavras certas e você rirá de mim, não porque o que penso seja uma idiotice, mas porque me expresso de maneira desajeitada.

Se existe uma força obscura que insere dentro de nós, hostil e traiçoeiramente, um fio com o qual nos amarra e nos conduz por caminhos nocivos cheios de perigo — caminhos que de outra forma jamais trilharíamos –, se essa força existe, então ela teria de se moldar em nosso interior como se se constituísse de nós mesmos, vindo a se tornar nosso próprio eu; pois só assim acreditamos nela e lhe concedemos o espaço de que ela necessita para realizar aquela obra secreta. Se possuímos a mente sólida, revigorada pela vida alegre, para sempre reconhecer essa influência estranha e hostil e seguir com passos tranquilos o caminho para o qual nossa vocação e nossas inclinações nos empurram, então aquela força estranha sucumbe em sua busca inútil para alcançar a forma que é a nossa própria imagem especular.

É certo também, Lothar acrescenta, que quando nos entregamos de livre e espontânea vontade a essa força física obscura, ela muitas vezes traz para o nosso interior vultos estranhos que o mundo exterior nos coloca no caminho, de modo que somos nós mesmos que inflamamos o espírito que, por insólita ilusão, acreditamos falar através daquele vulto. É uma quimera de nosso próprio eu, cujo íntimo parentesco conosco e profunda influência em nossa alma ou nos lança no inferno, ou nos eleva ao céu.

Como pode ver, meu amado Nathanael, eu e meu irmão Lothar discutimos bastante esse tema de forças obscuras e poderes, que agora, depois de ter anotado, não sem esforço, o aspecto central dele, me parece bem profundo. Não entendo muito bem as últimas palavras de Lothar, apenas intuo o que ele queria dizer, mas tudo me parece verdadeiro. Peço que tire completamente da cabeça o horrendo advogado Coppelius e o comerciante de barômetros Giuseppe Coppola. Esteja certo de que esses vultos bizarros não podem nada contra você; é a crença em seus poderes hostis que pode te fazer algo ruim. Se a mais profunda agitação de seu temperamento não falasse a cada linha de sua carta, se seu estado não doesse no fundo de minha alma, eu até poderia fazer piada do advogado homem da areia e do comerciante de barômetros. Fique tranquilo! Tranquilo! Decidi ser seu anjo da guarda e expulsar o horrendo Coppola com uma gargalhada, caso lhe ocorresse perturbar seus sonhos. Eu não sentiria nenhum medo dele ou de suas mãos nojentas; como advogado, ele jamais estragaria uma guloseima minha, nem, como homem da areia, arrancaria meus olhos.

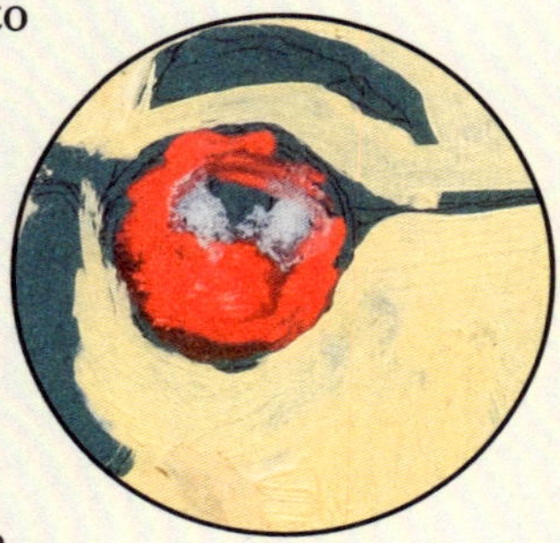

Sempre sua, meu grande amor Nathanael, etc. etc. etc.

922
FREUD
"PAI, VOCÊ
VÊ QUE ESTO
QUEIMAND

Nathanael para Lothar

É muito desagradável que Clara, por descuido meu, tenha aberto por engano e lido a última carta que mandei a você. Ela me escreveu uma carta profundamente filosófica, provando em detalhes que Coppelius e Coppola só existem em minha imaginação e são quimeras do meu eu, que virariam pó assim que eu os reconhecesse enquanto tais. Difícil acreditar que o espírito que transluz naqueles olhos infantis claros e ternos, muitas vezes como um sonho doce e agradável, possa distinguir as coisas de modo tão sensato e magistral. Ela se apoia em você. Vocês falaram de mim. Você lhe deu aulas de lógica para que ela aprendesse a ver as coisas com clareza e distinção. Deixa pra lá!

De resto, é certo que o comerciante de barômetros Giuseppe Coppola não é o advogado Coppelius. Estou frequentando as aulas de um recém-chegado professor de ciências naturais, que, como aquele famoso cientista natural, também chama Spalanzani e tem origem italiana. Ele conhece o Coppola há muitos anos; aliás, pelo sotaque percebe-se que é piemontês. Coppelius era alemão, mas, ao que me parece, não era honesto. Bem, não estou totalmente tranquilo. Clara e você podem me julgar um sonhador soturno, mas sou incapaz de me livrar da impressão que o maldito rosto de Coppelius me provoca. Estou contente que o Coppola tenha deixado a cidade, como Spalanzani me disse. Este professor é um sujeito esquisito. Um homenzinho redondo, com as maçãs do rosto pronunciadas, nariz fino, lábios carnudos, olhinhos penetrantes. Melhor, porém, do que qualquer descrição, é observar o retrato de Cagliostro nos calendários de bolso berlinenses de Chodowiecki. Spalanzani se parece com ele. Outro dia, ao subir a escada percebi uma pequena fresta lateral na volumosa cortina que em geral veda uma porta de vidro. Não sei como cheguei a ponto de, curioso, olhar por trás dela. No aposento, uma mulher alta e esguia, de perfeitas proporções, vestida com esmero, estava sentada diante de uma pequena mesa sobre a qual apoiava os braços, com as mãos cruzadas. Estava sentada de frente para a porta, de modo que eu podia contemplar a beleza angelical de seu rosto. Tive a impressão de que ela não me viu, e seus olhos estavam parados, eu arriscaria dizer cegos, ela parecia dormir com os olhos abertos. Fiquei perturbado e passei silenciosamente ao auditório, situado ao lado. Soube depois que a pessoa em questão era Olímpia, a filha de Spalanzani, que ele mantém enclausurada com um rigor brutal e extravagante, para evitar que alguém se aproxime dela. Bem, deve ter alguma razão para isso, talvez ela seja idiota ou algo assim. Mas por que escrevo sobre tudo isso? Eu poderia ter te contado melhor pessoalmente, e com mais detalhes. Você sabe que dentro de catorze dias estarei aí. Preciso rever minha doce e querida Clara. Então se dissipará o mau humor que (devo confessar) de mim se apoderou depois daquela carta terrível e sensata. Também por esse motivo não escrevo hoje para ela.

Mil lembranças etc. etc. etc.

2

NÃO HÁ NADA MAIS INUSITADO E ESTRANHO DO que o que aconteceu com meu pobre amigo, o estudante Nathanael, e que pretendo contar a você, benévolo leitor! Tenho certeza de que alguma vez você já experimentou alguma sensação que lhe tomou completamente o ânimo, os sentidos e o pensamento, obliterando todo o resto? Alguma coisa que fermentou e cozinhou dentro de você, que fez seu sangue ferver, correr quente pelas veias e colorir suas faces? Sua visão ficou esquisita como se quisesse, no espaço vazio, apreender figuras que não eram visíveis a nenhum outro olho, e sua fala desvaneceu em suspiros incompreensíveis? Os amigos então lhe perguntavam: "Como você está? O que você tem?". E então você quer expressar com cores vivas e sombras e luzes o que ocorre em seu íntimo, e se esforça por encontrar palavras para começar.

No entanto, é como se você tivesse de evocar, já com a primeira palavra, tudo o que lhe aconteceu de extraordinário, esplêndido, horrível, engraçado, atroz, de modo que ela tudo abarcasse como uma descarga elétrica. Mas todas as palavras, tudo aquilo de que o discurso é capaz parece sem cor e frio e morto. Você busca e busca, gagueja e balbucia, e as sensatas perguntas dos amigos atingem sua brasa interna como um sopro gélido de vento, até apagá-la. Mas se você, como um pintor hábil, primeiro esboça o contorno de sua imagem interna com alguns traços arrojados e depois vai preenchendo com pouco esforço as cores, cada vez mais reluzentes, a multiplicidade de formas vivas arrebatará os amigos, que se verão, como você, no meio da imagem que saiu de sua alma! Devo lhe confessar, benévolo leitor, que na verdade ninguém me perguntou pela história do jovem Nathanael; mas

você bem sabe que pertenço à estirpe dos escritores esquisitos, que, quando carregam consigo alguma coisa como a que descrevi anteriormente, sentem como se cada um que se aproximasse, ou mesmo todo mundo, lhe perguntasse: "O que foi? Não vai me contar, meu caro?". Dessa forma fui impelido a falar a você, leitor, da vida funesta de Nathanael.

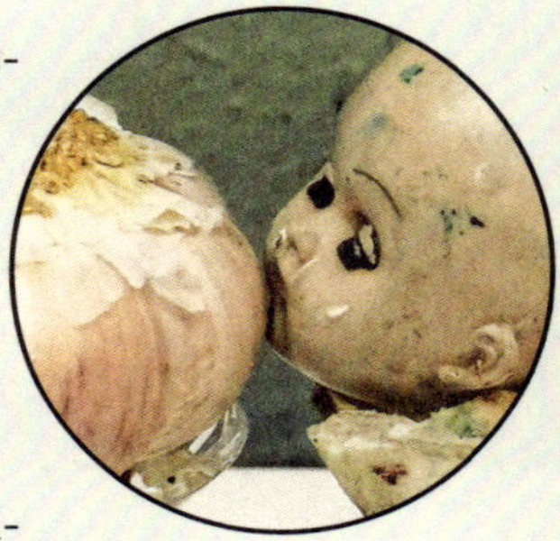

O raro, o extraordinário disso pre-encheu minha alma inteira, mas justo por isso e porque precisei torná-lo igualmente disposto, ó meu leitor!, a suportar o estranho, que não é pouca coisa, eu me esforcei para começar a história de Nathanael de modo significativo, original, comovente. "Era uma vez": o mais lindo começo de qualquer narrativa, mas sóbrio demais! "Na pequena e provinciana S. vivia...": um pouco melhor, ao menos anunciando o clímax. Ou então *in medias res*: "'Vá pro inferno', gritou o estudante Nathanael com um olhar feroz de raiva e horror quando o comerciante de barômetros Giuseppe Coppola...". Na realidade, eu já havia escrito isso quando pensei notar no feroz olhar do estudante Nathanael um toque cômico. Mas a história não é de modo algum divertida. Não me ocorreu nenhuma fala que parecesse refletir minimamente o brilho das cores da imagem interna. Decidi nem começar. Tome, benévolo leitor, as três cartas que o amigo Lothar compartilhou oportunamente comigo como o esboço da imagem que me esforçarei em ir preenchendo à medida que narro, com mais e mais cores. Talvez consiga, como um bom retratista, delinear uma ou outra figura que você, mesmo sem conhecer o original, considere semelhantes a ele, como se tivesse visto a pessoa muitas vezes com os próprios olhos. Talvez, ó meu leitor!, você vá achar que nada é mais esquisito e fantástico do que a vida real, e que esta o poeta só poderia apreender como um reflexo escuro num espelho fosco.

Para deixar mais claro o que é preciso saber desde o início, acrescento àquelas cartas que, tão logo o pai de Nathanael morreu, Clara e Lothar, filhos de um parente distante que também morreu e os deixou órfãos, foram morar com a mãe de Nathanael. Clara e Nathanael tinham muito carinho um pelo outro, e nenhum ser humano na terra tinha quaisquer objeções a esse sentimento; então eles ficaram noivos antes de Nathanael deixar a cidade para continuar seus estudos em G. Em sua última carta, é lá que ele mora e frequenta as aulas do famoso professor de ciências naturais, Spalanzani.

Agora eu poderia tranquilamente prosseguir a narrativa, mas no momento a imagem de Clara está tão viva diante de mim que mal posso desviar os olhos, tal como sempre acontecia quando ela me mirava com seu sorriso gracioso. Clara de modo algum podia ser considerada bela; esta era a opinião de todos que por ofício entendiam de beleza. Os arquitetos, no entanto, louvavam suas proporções perfeitas; os pintores achavam a forma de sua nuca, ombros e seios demasiado casta, mas eram todos apaixonados por seus maravilhosos cabelos de Madalena e perdiam-se em cogitações a respeito de sua carnação digna de Batoni. Um deles, muito fantasioso, fazia uma comparação bizarra entre os olhos de Clara e um lago de Ruisdael, a refletir o puro azul de um céu

sem nuvens, florestas e campos de flores, e toda a vida colorida e alegre da rica paisagem. Mas poetas e músicos iam além e diziam: "Que lago, que espelho! Não seria possível encarar essa jovem sem que seu olhar nos devolvesse sons e canções maviosas e celestiais que penetram em nosso íntimo, tornando tudo desperto e vivo! Que cantávamos mal, e, portanto, não éramos grande coisa, percebíamos claramente no leve sorriso que flutuava nos lábios de Clara quando nos aventurávamos a entoar o que deveria ser um canto, mas não passava de sons caóticos e confusos". E era isso o que acontecia.

Clara tinha a imaginação viva de uma criança alegre, descontraída, ingênua, uma alma feminina profunda e meiga, um entendimento claro, agudo e penetrante. Espíritos sonhadores e nebulosos não tinham vida fácil com ela; ela nem precisava falar (o que fazia parte de sua silenciosa natureza), seu olhar claro e aquele fino sorriso irônico lhes diziam: "Queridos amigos! Como querem que eu tome imagens de sombras enevoadas por verdadeiras figuras, com vida e movimento?". Muitos a achavam fria, insensível e prosaica; outros, que compreendiam a vida em profundidade, amavam sem igual a jovem disposta, compreensiva, ingênua, mas ninguém tanto quanto Nathanael, que transitava vigorosa e animadamente entre ciência e arte. Clara o amava de corpo e alma; a primeira sombra de nuvem passou por sua vida quando tiveram de se separar. Com que encanto ela se atirou em seus braços no momento em que ele, como anunciara na última carta para Lothar, apareceu de fato na casa de sua mãe em sua cidade natal. Aconteceu exatamente o que Nathanael havia imaginado: assim que a reviu, ele não pensou no advogado Coppelius nem na bendita carta que ela lhe havia mandado, e toda irritação desapareceu.

Mas Nathanael não havia se equivocado quando escreveu ao amigo Lothar que fora brutal a aparição em sua vida do repulsivo comerciante de barômetros Coppola. Logo depois, já nos primeiros dias, ele já se mostrou uma pessoa totalmente diversa, todos notaram. Mergulhava em sonhos sombrios e começou a agir de modo estranho, diferente do habitual. Tudo, toda sua vida havia se tornado sonho e pressentimento; afirmava repetidas vezes que os seres humanos, considerando-se livres, serviam apenas a um jogo cruel de forças obscuras, contra o qual eles lutavam em vão, tendo de se submeter humildemente ao que o destino lhes impôs. Chegou a afirmar que é tolice pensar ser possível fazer arte e ciência com o próprio arbítrio; o entusiasmo que torna possível essas atividades não viria do mais íntimo do sujeito, mas da influência de um princípio superior que está fora de nós.

A sensata Clara detestava esses ardores místicos de Nathanael, mas parecia inútil qualquer tentativa de contrariá-lo. Quando o rapaz resolveu provar que Coppelius era o princípio do mal, intuição que tivera no instante em que espreitava atrás da cortina — e que este repugnante *demônio* iria perturbar a felicidade amorosa deles de uma maneira horrorosa –, Clara se pôs muito séria e falou: "Sim, Nathanael! Você tem razão, Coppelius é o princípio do mal, da malignidade, ele pode causar coisas horríveis — tal um poder diabólico que claramente adentrou sua vida, mas que só permanecerá se você não o tirar de seus pensamentos. Enquanto acreditar nele, ele também existirá e agirá, o poder dele está em você

acreditar nele". Nathanael, furioso por Clara ter dito que o demônio existia apenas dentro dele, quis evocar toda a doutrina mística do diabo e das forças terríveis, mas Clara, aborrecida, o interrompeu com alguma platitude, para não pouca raiva de Nathanael. Ele então pensou que pessoas frias e pouco receptivas não conseguiam acessar tais mistérios profundos, sem se dar muita conta de que atribuía à Clara aquela natureza inferior, razão pela qual não desistia de tentar iniciá-la naqueles segredos.

De manhã bem cedo, quando Clara ajudava a preparar o café da manhã, ele se aproximava dela e punha-se a ler em voz alta trechos dos mais variados livros místicos, até que Clara lhe disse: "E se eu te disser, meu caro, que a força maligna tem um efeito nefasto em meu café? Pois, se eu fizer o que você quer e largar o que estou fazendo para olhar em seus olhos enquanto você lê, o café vai derramar no fogão e vocês vão ficar sem o desejejum!". Nathanael fechou o livro abruptamente e correu chateado para o quarto. Se antes as narrativas graciosas e vivas que escrevia eram o seu forte e Clara as escutava com o mais profundo prazer, agora suas composições eram sombrias, incompreensíveis e disformes, de modo que, embora Clara, para poupá-lo, não dissesse nada, ele podia sentir quão pouco elas a tocavam. Nada para Clara era mais mortal do que o tédio, seu olhar e sua fala traíam sua irreprimível modorra mental. E as composições de Nathanael eram na verdade muito chatas. O aborrecimento do rapaz com a disposição fria e prosaica de Clara crescia cada vez mais, e ela não conseguia vencer seu desânimo em relação à obscura, sombria e tediosa mística de Nathanael; assim, ambos se distanciaram cada vez mais um do outro, sem que pudessem perceber.

A imagem do horrendo Coppelius, como o próprio Nathanael teve de admitir, empalideceu-se em sua fantasia, e muitas vezes lhe era custoso conferir-lhe um colorido vivo em suas composições, nas quais ele aparecia como um terrível boneco do destino. Ocorreu-lhe finalmente transformar aquela intuição sombria — de que Coppelius iria perturbar sua sorte no amor — em objeto de um poema. Ele representou a si mesmo e a Clara unidos em amor fiel, mas de vez em quando era como se uma força nefasta entrasse na vida deles e arrancasse uma alegria que compartilhavam. Enfim, quando estão no altar nupcial, surge o medonho Coppelius, que passa a mão nos olhos ternos de Clara; os olhos da jovem saltam para o peito de Nathanael como faíscas sangrentas, queimando e ardendo em chamas; Coppelius os pega e os joga numa roda de fogo chamejante que gira com a velocidade de um vendaval, e o fogo os consome em instantes. É um bramido tal como o do furacão quando chicoteia furioso as ondas espumantes do mar, que se erguem como negros gigantes de cabeça branca numa batalha violenta. Mas no violento bramido ele escuta a voz de Clara: "Você não consegue me ver? Coppelius te enganou, não eram meus olhos que queimavam em seu peito, mas gotas brilhantes de sangue de seu próprio coração... eu conservo meus olhos, olhe pra mim!". Nathanael pensa: "Esta é Clara, e eu sou dela por toda a eternidade". Era como se o pensamento tivesse violentamente entrado na roda de fogo e a paralisado, e, no negro abismo, o estrondo tivesse sido abafado até cessar. Nathanael olha nos olhos de Clara; mas é a morte que o olha amigavelmente com os olhos de Clara.

Nathanael escrevia essa peça com muito cuidado e muita calma, retocava e melhorava cada verso, e, como

se submetia à métrica, não sossegou até que tudo se encaixasse esmerada e harmonicamente. Quando, enfim, terminou e leu o poema para si, em voz alta, foi tomado de um violento assombro de horror e gritou: "De quem é essa voz pavorosa?". Mas o poema em si logo lhe pareceu muito bem-feito, decerto incendiaria a alma gélida de Clara, ainda que ele não soubesse com certeza para que deveria incendiar Clara e amedrontá-la com imagens horrorosas, que vaticinavam um destino funesto para o amor deles.

Estando os dois sentados no pequeno jardim da mãe, Clara se mostrava muito alegre porque nos últimos três dias Nathanael, ocupado com aquele poema, não a aborrecia com seus sonhos e pressentimentos. Ele mesmo falava viva e alegremente de coisas engraçadas, com seu jeito habitual, e Clara então disse: "Agora sim eu o tenho de novo, você viu como expulsamos o repulsivo Coppelius?". Então ocorreu ao rapaz que ele trazia no bolso o poema, que tencionava ler em voz alta. De imediato tirou as folhas e começou a ler; Clara, conformada, pressentindo um escrito tedioso como de costume, pôs-se calmamente a tricotar. Mas como as sombrias nuvens ficavam cada vez mais escuras, ela deixou de lado as agulhas e olhou Nathanael nos olhos. Ele estava inteiramente tomado pelo poema, a brasa interna lhe avermelhava as maçãs do rosto, lágrimas jorravam de seus olhos. Enfim ele terminou e, gemendo exausto, pegou a mão de Clara e suspirou como se se desfizesse em lamentos inconsoláveis: "Ah! Clara, Clara!". Ela o apertou em seu peito com suavidade e disse baixinho, mas devagar e séria: "Nathanael, meu amado Nathanael! Queime essa história maluca, absurda e sem sentido". Indignado, o rapaz deu um pulo e gritou, empurrando Clara: "Maldita autômata sem vida!". E se afastou da moça que, profundamente ferida, derramava lágrimas amargas: "Ah, ele nunca me amou, pois não me compreende", e soluçava alto.

Lothar entrou no caramanchão, e Clara precisava lhe relatar o ocorrido; ele amava a irmã com toda sua alma, cada palavra de sua mágoa caía em seu íntimo como uma fagulha, de modo que a indisposição com o sonhador Nathanael, que há tempos o rapaz carregava no peito, se transformou em cólera. Correu até o amigo e censurou seu comportamento absurdo em relação à irmã amada com palavras tão duras que o esquentado Nathanael retrucou no mesmo tom. Ao ser chamado de lunático, revidou tratando o amigo de homem comum, vulgar. O duelo era inevitável. Resolveram se confrontar na manhã seguinte, atrás do jardim, com floretes bem afiados, conforme os costumes dos universitários locais. Calados e soturnos, os dois vagavam daqui para lá.

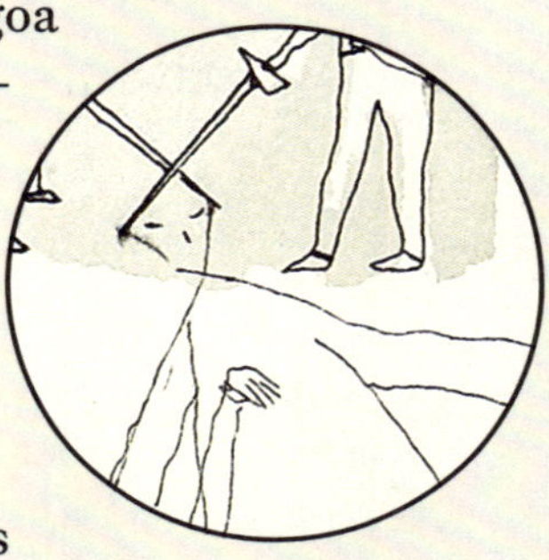

Clara ouvira o bate-boca violento e vira o instrutor de esgrima levar as armas de madrugada. Pressentiu o que iria acontecer. Quando ela chegou ao local do duelo, Lothar e Nathanael, cujos olhos ardentes refletiam a vontade de uma luta sanguinária, num silêncio sombrio haviam acabado de atirar os casacos no chão. Clara irrompeu pelo portão do jardim e, soluçando, gritou: "Vocês, homens ferozes e detestáveis! Matem-me de uma vez antes de duelarem! Como posso continuar vivendo se meu amado assassinar meu irmão ou se meu irmão assassinar meu amado?!". Lothar baixou a arma e olhou para o chão, sem nada dizer; no interior de Nathanael renascia, em lacerante melancolia, como jamais

havia sentido, todo o amor pela terna Clara nos mais belos dias de sua esplêndida juventude. A arma mortal caiu de sua mão, ele se atirou aos pés de Clara. "Me perdoe, minha única, minha amada Clara! Perdoe-me, meu querido irmão Lothar!" Lothar ficou tocado pela profunda dor do amigo; entre lágrimas os três se abraçaram reconciliados e juraram amor e fidelidade eternos.

Nathanael sentiu como se um fardo pesado, que o oprimia, lhe fosse tirado das costas, como se ele, resistindo à força obscura que o havia arrebatado, tivesse salvado seu ser ameaçado de aniquilação. Passou mais três dias felizes com seus amados, daí voltou para G., onde ainda pretendia permanecer um ano, antes de retornar definitivamente à cidade natal.

Não disse nada à sua mãe sobre Coppelius; sabia que ela se apavorava ao pensar nele, porque, como Nathanael, culpava-o pela morte do marido.

••••

E que susto não tomou Nathanael ao chegar em casa e ver que ela estava totalmente destruída por um incêndio; dela só haviam restado paredes enegrecidas em meio aos escombros. Apesar de o fogo ter eclodido no laboratório do boticário, que morava no térreo, e a casa ter queimado de baixo para cima, os amigos de Nathanael, audazes e fortes, conseguiram entrar a tempo em seu quarto, situado no andar de cima, e salvar seus livros, seus escritos e instrumentos. Levaram tudo intacto para uma outra casa, na qual alugaram um quarto para Nathanael, que se mudou imediatamente. O rapaz não deu muita atenção ao fato de que agora estivesse morando em frente ao professor Spalanzani, tampouco lhe pareceu extraordinário que sua janela desse para o quarto onde Olímpia costumava se sentar solitária; ele podia discernir nitidamente sua figura, ainda que as feições de seu rosto fossem indistintas e confusas. Mas acabou notando que Olímpia ficava sentada horas a fio a uma mesinha, sem fazer nada, na mesma posição em que ele a havia visto certa vez através das portas de vidro, e que ela lhe lançava um olhar inabalável; teve de admitir que jamais vira formas tão lindas; mas, com Clara no coração, a dura e rígida Olímpia lhe era indiferente por completo, e só às vezes ele desviava rapidamente os olhos de seu compêndio e os dirigia àquela linda estátua, isso era tudo.

Escrevia para Clara quando ouviu batidinhas à porta; mandou que a abrissem, e a figura repugnante de Coppola surgiu à soleira. Nathanael sentiu um breve arrepio; lembrando, porém, do que Spalanzani lhe dissera sobre o conterrâneo Coppola e também da promessa sagrada que fizera à amada no que dizia respeito ao homem da areia Coppelius. Envergonhou-se de seu medo infantil de fantasmas, criou coragem e

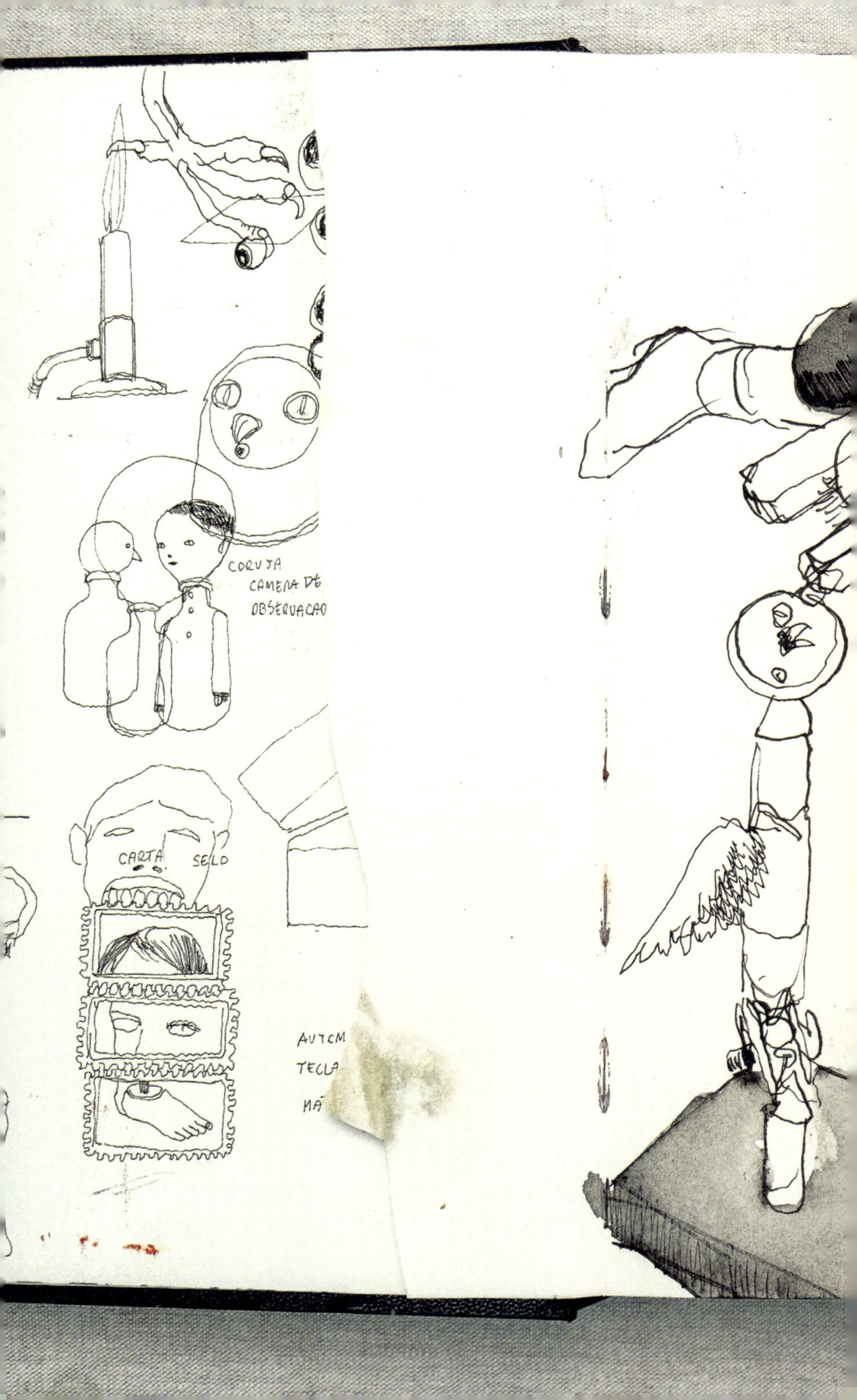
CORUJA
CAMERA DE
OBSERVACAO
CARTA
SELO
TECLA

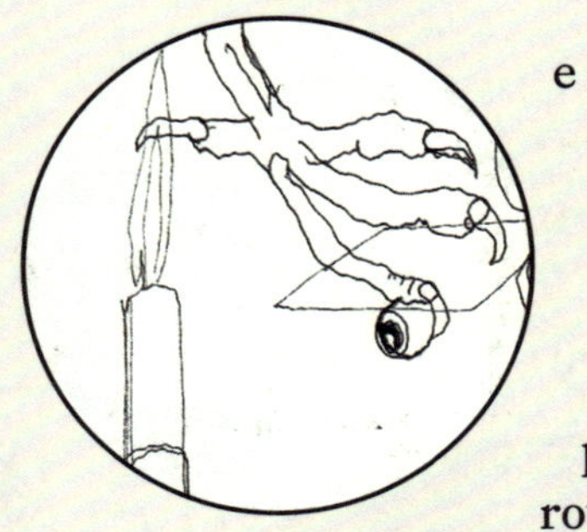

e falou o mais suave e serenamente que pôde: "Não quero nenhum barômetro, meu caro! Por favor, retire-se!". Coppola então entrou no cômodo; os olhinhos sob os longos cílios grisalhos brilhavam penetrantes enquanto, com a voz rouca e retorcendo sua bocarra numa risada asquerosa, ele dizia: "Ei, nada de barômetro, nada de barômetro! Tenho também olhos bonitos... *belli occhi*!". Horrorizado, Nathanael gritou: "Que doideira, como pode ter olhos? Olhos, olhos?". Num instante, no entanto, Coppola pôs de lado seus barômetros, enfiou a mão nos enormes bolsos do casaco e tirou lunetas e óculos, que espalhou sobre a mesa. "Então! Então, óculos... óculos para colocar no nariz, isto são meus *occhi*... *belli occhi*, senhor!" E foi tirando tantos óculos que a mesa toda começou a cintilar e a brilhar causando um estranho efeito. Milhares de olhos olhavam e faiscavam convulsivamente, fitando Nathanael; mas ele não conseguia desviar as pupilas da mesa, e Coppola punha cada vez mais óculos sobre a mesa, e olhares flamejantes saltavam confusos de modo cada vez mais feroz, atirando raios vermelhos de sangue no peito de Nathanael. Vencido por um pavor louco, ele gritou: "Para! Para, seu desgraçado!". Ele tomou Coppola pelo braço. Ainda que a mesa estivesse totalmente coberta de óculos, o homem continuava a meter a mão no bolso para pegar outros pares. Coppola soltou-se suavemente com um riso rouco e desagradável, e disse: "Ah! — nada para o senhor? — mas aqui belas lentes". Juntou todos os óculos, enfiou-os no bolso e tirou do bolso lateral do casaco um punhado de lunetas grandes e pequenas.

Assim que os óculos desapareceram, Nathanael se acalmou e, pensando em Clara, percebeu que a visão medonha só podia ter vindo de sua mente, e que Coppola poderia muito bem ser um mecânico e um ótico bastante honesto, e não o fantasma e o duplo maldito de Coppelius. Além disso, todas as lentes que o homem dispusera sobre a mesa não tinham nada de mais, pelo menos não eram fantasmagóricas como os óculos, e Nathanael, para reparar seu erro, decidiu comprar uma delas. Pegou uma pequena luneta de bolso, eximiamente trabalhada, e olhou pela janela a fim de experimentá-la. Jamais vira lente tão pura, precisa e nítida. Sem querer mirou o aposento de Spalanzani; Olímpia, como de costume, estava sentada diante da mesinha com os braços sobre a mesa e as mãos cruzadas. Só agora Nathanael via a admirável regularidade de seus traços. Apenas os olhos lhe pareciam estranhamente fixos e inanimados. Mas como ele enxergava de modo cada vez mais nítido através da lente, era como se surgissem nos olhos de Olímpia úmidos luares. Parecia que sua visão se acendera; a chama de seu olhar ficava cada vez mais viva. Nathanael estava à janela como que enfeitiçado, contemplando ininterruptamente a beleza celestial de Olímpia. Uma tosse cheia e um passo arrastado o despertaram de um sonho profundo. Atrás dele, Coppola lhe dizia: "*Tre zecchini*, três ducados". Nathanael, que havia se esquecido por completo do ótico, de pronto pagou o que era devido. "Não é mesmo, senhor? Belas lentes, belas!", comentou Coppola com sua voz rouca e repugnante, e com seu riso zombeteiro. "Sim, sim, sim!", disse Nathanael, mal-humorado, "*adieu*, meu caro!"

Coppola não deixou o cômodo sem antes lançar muitos olhares oblíquos a Nathanael, que o ouviu rir alto

nas escadas. "Fazer o quê", pensou, "ele está rindo de mim decerto porque devo ter pagado muito caro pela pequena luneta... paguei muito caro!" Ao pronunciar em voz baixa essas palavras, sentiu ressoar pelo aposento um profundo e pavoroso sopro de morte; um medo intrínseco o fez perder a respiração. Mas fora ele mesmo quem suspirara, isso ele havia percebido nitidamente. "É bem provável que Clara", ele falou consigo mesmo, "esteja certa em me tomar por um visionário insosso, mas que a ideia idiota de que eu teria desembolsado muito dinheiro pela lente continue me afligindo tão estranhamente, isso sim é loucura, ou até pior do que loucura; e o motivo eu não consigo compreender." Então se sentou para terminar a carta para Clara, mas uma espiada pela janela comprovou que Olímpia ainda estava lá, e, de repente, como que impulsionado por uma força irresistível, ele pulou da cadeira, pegou a luneta de Coppola e não conseguiu se afastar da imagem sedutora de Olímpia até seu fiel amigo Siegmund vir chamá-lo para a aula do professor Spalanzani.

A cortina da fatídica porta de vidro havia sido fechada, ele não pôde ver Olímpia em seu quarto nem neste dia nem nos dois seguintes, apesar de quase não sair da janela, sempre a espiar pela luneta de Coppola. No terceiro dia, até as janelas estavam cerradas. Desesperado e movido por saudade e desejo ardente, ele correu para fora dos limites da cidade. O vulto de Olímpia pairava diante dele; havia saído da mata e, do regato límpido, o espiava com grandes olhos radiantes. A imagem de Clara desaparecera por completo de sua alma, ele só tinha olhos para Olímpia, e se lamentava choroso, bem alto: "Ah, minha adorável e magnífica estrela, você surge assim para em seguida desaparecer e me largar sem esperança na tenebrosa noite?".

Quando voltou para casa, notou uma grande movimentação na casa de Spalanzani. As portas estavam abertas, as janelas do primeiro andar, escancaradas; carregavam para dentro diversos equipamentos; criadas atarefadas zanzavam de cá para lá, varriam e limpavam o pó com grandes vassouras de pelo animal; marceneiros e tapeceiros batiam e martelavam do lado de dentro. Nathanael permaneceu em pé na rua, perplexo. Siegmund chegou; rindo, aproximou-se e falou: "O que me diz agora de nosso velho Spalanzani?". Nathanael garantiu que não poderia dizer nada, já que não sabia absolutamente nada do professor, pelo contrário, estava surpreso com a movimentação que ocorria naquela casa em geral silenciosa e sombria. O amigo então lhe contou que no dia seguinte Spalanzani daria uma grande festa, com concerto e baile, e que metade da universidade fora convidada. Espalhou-se a notícia de que pela primeira vez Spalanzani deixaria sua filha Olímpia, mantida afastada de qualquer olho humano durante tanto tempo, comparecer.

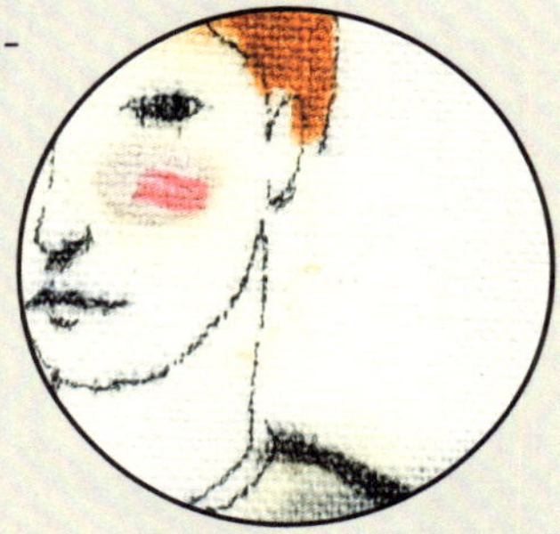

Nathanael havia sido convidado e, na hora marcada, quando as carruagens já circulavam e as luzes brilhavam nos salões decorados, pôs-se a caminho da casa do professor, o coração querendo sair pela boca. A recepção estava esplêndida, cheia de gente. Olímpia surgiu vestida com muita elegância e bom gosto. Não tinha como não se encantar com seu rosto e suas formosas proporções. O corpo delgado e delicado, com as costas levemente curvadas, parecia produzido por um espartilho. O porte

e o modo de caminhar tinham uma artificialidade calculada e uma rigidez que poderiam desagradar a alguns, mas tal postura poderia ser atribuída à pressão que a sociedade lhe impunha. O concerto começou. Olímpia tocou piano com grande habilidade e cantou uma ária de bravura com voz límpida e quase cortante de sino de vidro. Nathanael ficou absolutamente encantado; estava na última fileira e à luz de velas não conseguiu discernir bem seus traços. Discretamente, pegou a luneta de Coppola e mirou a bela Olímpia.

Ah! Ele então percebeu como ela o olhava nostálgica, como cada som se traduzia num olhar amoroso que atravessava seu íntimo, incendiando-o. As coloraturas artificiais eram para ele júbilos celestiais de uma alma transfigurada em amor, e quando afinal, após a cadência, o longo trinado soou alto ecoando pelo salão, ele, como que de repente envolto por braços em brasa, não pode mais se conter e gritou de dor e encanto: "Olímpia!". Todos se voltaram para ele, muitos riram. Mas o organista da catedral, que fez uma cara ainda mais feia do que a habitual, apenas disse: "Ora, ora!".

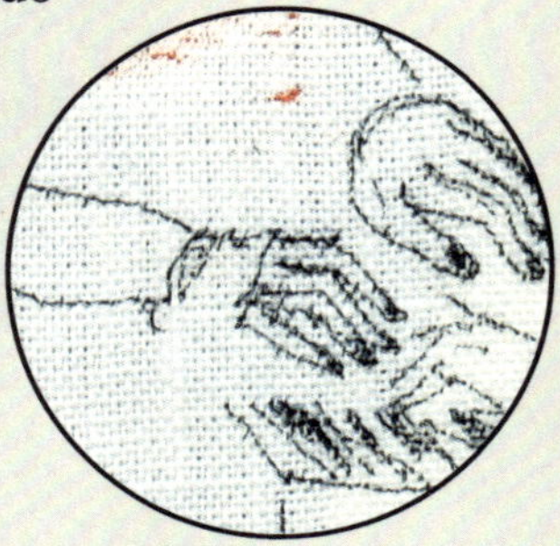

Terminado o concerto, o baile teve início. Dançar com ela!... Com ela! Era esse o alvo de todos os desejos de Nathanael, de todas as aspirações; mas e a coragem para convidá-la, ela, a rainha da festa? Bem, nem ele soube explicar como, assim que a dança começou, ele estava ao lado de Olímpia; ainda ninguém a havia tirado para dançar e ele, mal conseguindo gaguejar uma palavra, pegou sua mão. Mais fria que o gelo era aquela mão. Com um calafrio mortal a estremecer-lhe os membros, ele a olhou nos olhos, que, radiosos, eram puro amor e desejo, e ele então sentiu como se o pulso de Olímpia começasse a bater sob a pele fria, e o sangue ardente fluísse. No íntimo de Nathanael, também ardia, cada vez mais forte, a alegria do amor; ele enlaçou a bela Olímpia e com ela voou por entre os pares. No passado pensara ser um bom dançarino, mas agora, diante da precisão rítmica de Olímpia, ele mais de uma vez errou o passo — talvez não fosse tão bom assim. No entanto, não lhe ocorria bailar com nenhuma das moças ali presentes, e ele seria capaz de matar qualquer um que se aproximasse para tirá-la para dançar. E isso ocorreu apenas duas vezes. Para seu espanto, ela ficou sentada a maior parte do tempo, e ele nenhuma vez deixou de tirá-la. Se estivesse em condições de desviar os olhos de Olímpia, Nathanael inevitavelmente se envolveria em todo tipo de brigas e disputas — os risos meio silenciosos que os jovens aqui e ali se esforçavam por conter se dirigiam sem dúvida à bela Olímpia, a quem perseguiam com olhares curiosos, e não se sabia por quê.

Aquecido pela dança e pelo vinho abundante, Nathanael esqueceu toda a sua vergonha. Sentado ao lado de Olímpia, enlaçou as mãos dela nas suas e falou, inflamado e empolgado por seu amor, palavras que ninguém entendia, nem ele, nem Olímpia. Mas ela talvez o compreendesse, pois o encarava e várias vezes suspirava: "Ah, ah, ah!". Nathanael então disse: "Ó magnífica e celestial mulher! Centelha do reino prometido do amor, alma profunda, em que todo meu ser se espelha", e outras coisas dessa natureza. Olímpia, no entanto, só suspirava: "Ah, ah!". O professor Spalanzani aproximou-se algumas vezes do casal afortunado e lhes sorriu estranhamente satisfeito.

Embora estivesse abstraído deste mundo, Nathanael teve a impressão de que de repente a casa do professor Spalanzani havia escurecido; olhou em torno e tomou consciência de que, realmente, para seu espanto, as duas últimas velas na sala vazia estavam quase no fim, prestes a apagar. Fazia muito tempo que já não havia nem música nem dança. "Nos separarmos, nos separarmos!", ele gritou desesperado, bem alto, e beijou a mão de Olímpia; inclinou-se para beijá-la, seus lábios ardentes encontraram os dela, glaciais! Assim como quando tocara sua mão fria, ele se sentiu tomado por pavor; de repente lhe passou pela cabeça a lenda da noiva cadáver; mas Olímpia o abraçara forte, e, com o beijo, seus lábios pareceram ganhar vida.

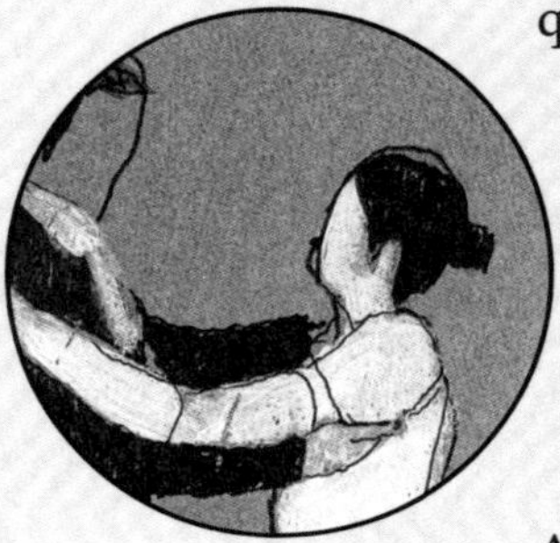

O professor Spalanzani andava lentamente pelo salão deserto; seus passos soavam ocos e sua figura, em meio a sombras tremeluzentes, tinha uma aparência sinistra e fantasmagórica. "Você me ama? Você me ama, Olímpia? Só responda! Você me ama?", Nathanael murmurava baixinho, mas Olímpia, levantando-se, apenas suspirava: "Ah, ah!". "Sim, você, minha divina e magnífica estrela do amor", Nathanael dizia, "você surgiu no meu céu e para sempre iluminará minha alma!" "Ah, ah!", Olímpia continuava a dizer. Nathanael a seguiu, e eles pararam diante do professor. "O senhor teve uma conversa bem animada com minha filha", ele falou, rindo: "Bem, se encontra prazer em conversar com esta jovem ingênua, suas visitas serão bem-vindas." Com todo o firmamento a brilhar em seu peito, Nathanael se despediu.

Nos dias seguintes, só se falava da festa de Spalanzani. A despeito do empenho do professor em oferecer uma recepção esplendorosa, as línguas ferinas não cessavam de sussurrar esquisitices e inconveniências, sobretudo referentes à muda e rígida Olímpia que, apesar da aparência sedutora, diziam ser um tanto estúpida, talvez por isso o pai a tivesse mantido escondida por tanto tempo. Ao ouvir esses comentários, Nathanael não pôde deixar de sentir raiva, mas nada disse: "Valeria a pena provar a essas pessoas que fora a estupidez delas que as impediu de reconhecer a alma profunda e sublime de Olímpia?", pensou. "Irmão, por favor", falou um dia Siegmund, "me diga como foi que você, um jovem sensato, foi se apaixonar por um rosto de cera, uma boneca de pau?" Furioso, Nathanael quis revidar, mas logo ponderou e disse: "Me diga *você*, Siegmund, cujos sentidos aguçados não são infensos ao belo, como pode não se render aos encantos celestiais de Olímpia? De resto, graças ao destino eu não o tenho como rival, caso contrário um de nós teria de morrer pela espada".

Diante da reação do amigo, Siegmund retomou habilmente o assunto e, depois de afirmar que no amor jamais se deve julgar o objeto, acrescentou: "Mas não é estranho que muitos de nós tenhamos pensado a mesma coisa a respeito de Olímpia? Ela nos pareceu — não me leve a mal, irmão! — estranhamente rígida e desprovida de vida. Suas formas são bem proporcionadas, sem dúvida, assim como seus traços! Ela poderia passar por bela se seu olhar não fosse tão desguarnecido de vivacidade, eu diria até do sentido da visão. O modo como caminha é especialmente calculado, cada movimento parece condicionado ao funcionamento de uma engrenagem, como um relógio. Seu canto e sua inter-

pretação ao piano têm o compasso exato e insosso das máquinas cantantes, e o mesmo pode-se dizer de seus movimentos ao dançar. Enfim, essa Olímpia nos causou uma impressão muito sinistra, e nenhum de nós quer nada com ela, ela nos parece apenas fingir ser uma criatura viva, há algo de muito esquisito nela".

Nathanael reprimiu o sentimento amargo que as palavras de Siegmund lhe provocaram; ele conseguiu controlar sua irritação e apenas disse, bem sério: "Não importa que vocês, homens frios e prosaicos, achem Olímpia sinistra. O ser poeticamente organizado só se revela a uma mente poética! Só *para mim* seu olhar amoroso se revelou e penetrou meus sentidos e pensamento, só no amor de Olímpia eu reencontro o meu eu. Vocês lamentam que ela não converse sobre trivialidades, como as outras almas frívolas. É verdade que ela é de poucas palavras, mas essas poucas palavras são verdadeiros hieróglifos do mundo interior, plenos de amor e elevado conhecimento intuitivo da vida espiritual do mundo eterno. Mas tudo isso não está ao alcance de vocês, são palavras vazias". "Que Deus te proteja, irmão", disse Siegmund bem suave, quase melancólico, "mas me parece que você está no mau caminho. Pode contar comigo quando tudo... Não, não quero dizer mais nada!". De repente Nathanael teve a impressão de que o frio e prosaico Siegmund estava sendo bem sincero com ele, e assim, cordial, apertou-lhe a mão.

Nathanael simplesmente esquecera que no mundo havia uma Clara, que ele outrora havia amado; sua mãe, Lothar, todos desapareceram de sua memória; ele vivia apenas para Olímpia, com quem diariamente sentava horas a fio e fantasiava sobre o amor que sentia, sobre a recém-despertada simpatia pela vida, sobre a afinidade psíquica, e Olímpia ouvia tudo com grande devoção. Do fundo de sua gaveta, Nathanael desenterrou tudo o que já havia escrito. Poemas, fantasias, visões, romances, contos, e a isso todo dia ele acrescentava sonetos, estâncias e canções delirantes que lia em voz alta, peça após peça, horas a fio, para Olímpia, sem se cansar. Mas, pudera, ele jamais havia tido tão excelente ouvinte. Ela não bordava nem tricotava, não olhava pela janela, não alimentava nenhum pássaro, não brincava com nenhum cãozinho, com nenhum gatinho em especial, não enrolava nenhum papelzinho, não fazia nada com as mãos, não precisava conter bocejos com uma leve tosse forçada. Em suma, por horas seguidas ela encarava o amado nos olhos, sem se virar nem se mexer, e seu olhar ficava cada vez mais ardente, intenso.

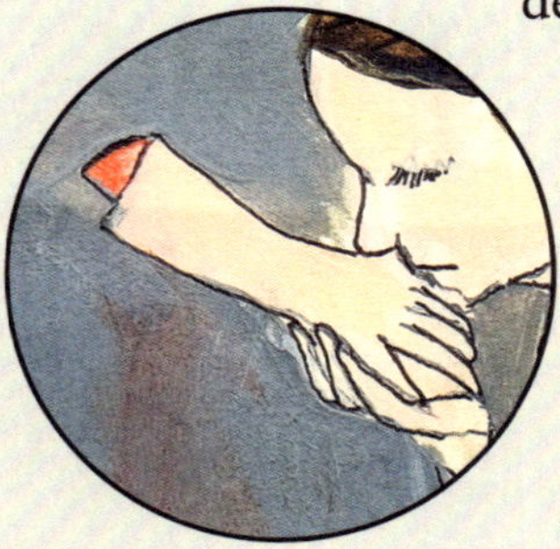

Só quando Nathanael enfim se levantava e beijava sua mão, e também sua boca, ela dizia: "Ah, ah!", e daí então: "Boa noite, meu amado!". "Oh, alma sublime, alma profunda", exclamava Nathanael em seu quarto. "Só você me entende, só você me entende." Ele estremecia de prazer ao pensar na maravilhosa harmonia que se manifestava cada dia mais em sua alma e na de Olímpia; pois ele a sentia falar de maneira muito profunda de suas obras, de seu talento poético, a partir da mente dele, como se a voz soasse de dentro dele. Só podia ser isso, pois Olímpia jamais falava outras palavras que não aquelas. Quando Nathanael se lembrava, em momentos de lúcida sobriedade, como por exemplo de manhã, logo que acordava, da completa passividade e do restrito vocabulário de Olímpia, ele dizia: "O que são

as palavras... palavras! Seu olhar celestial diz mais do que qualquer língua nesta terra. Poderia uma criatura dos céus se resignar às limitações do acanhado círculo imposto por uma lamentável necessidade terrena?".

O professor parecia encantado com o relacionamento de sua filha e Nathanael; a este, ele deu diversos sinais inequívocos de estima, e quando o rapaz ousou enfim fazer uma alusão longínqua a uma união com Olímpia, Spalanzani abriu um grande sorriso e disse que deixaria a filha escolher livremente. Encorajado por essas palavras, com um desejo ardente no coração, Nathanael decidiu, logo no dia seguinte, pedir a Olímpia que declarasse sem rodeios e com palavras claras o que havia tempos o seu terno olhar amoroso lhe dizia — que ela queria ser sua para sempre. Ele procurou o anel que a mãe lhe dera de presente na ocasião de sua partida para oferecer a Olímpia como símbolo de sua devoção, de sua vida que germinava e florescia junto a ela. Nisso achou as cartas de Clara e de Lothar; indiferente, jogou-as de lado; encontrou o anel, meteu-o no bolso e correu para a casa de Olímpia.

Das escadas, no corredor, já se ouviam estranhos sons que pareciam vir do gabinete de Spalanzani. Um sapatear, um tinido, uma pancada, batidas na porta, imprecações e xingamentos. "Solta... solta — infame — louco! — foi para isso que dei todo o meu sangue? — ha ha ha ha! — não foi isso que combinamos — eu fiz os olhos — eu, o mecanismo — vá para o inferno com seu mecanismo — relojoeiro simplório dos infernos — vá embora — Satã — pare — bonequeiro — besta diabólica! — pare — some — solta!"

As vozes de Spalanzani e do terrível Coppelius zuniam e bramiam confusamente. Tomado por um medo indizível, Nathanael precipitou-se para dentro do cômodo. Ambos seguravam uma figura feminina: o professor a tomava pelos ombros, e o italiano Coppelius pelos pés; eles a puxavam e esticavam de um lado para o outro, brigando enfurecidos por sua posse. Nathanael, profundamente horrorizado ao reconhecer a figura de Olímpia, deu um pulo pra trás; incendiado de uma ira feroz, quis libertar a amada da contenda, mas nessa hora Coppola se contorceu com uma força descomunal, arrancando das mãos do professor a figura, com a qual o golpeou; Spalanzani cambaleou e caiu de costas sobre a mesa, nas pepitas, alambiques, garrafas, cilindros de vidro; todos os aparelhos se espatifaram em milhares de cacos. Então Coppola pôs a figura sobre seus ombros e, com gargalhadas atordoantes, terríveis, desceu correndo as escadas, de modo que os pés da figura batiam desajeitados nos degraus de madeira.

Nathanael ficou petrificado — havia visto muito claramente que o rosto de cera de Olímpia, pálido de morte, não tinha olhos, no lugar havia buracos negros; ela era uma boneca inanimada. Spalanzani rolava no chão, cacos de vidro lhe haviam cortado a cabeça, o peito e o braço, o sangue jorrava como de uma fonte. Mas ele se recompôs. "Atrás dele, atrás dele, o que você está esperando? Coppelius... Coppelius, ele roubou meu melhor autômato. Trabalhei vinte anos nele. Dei mundos e fundos por ele — o mecanismo, a língua, o modo de caminhar, meus — os olhos, ele os furtou de mim. Maldito, danado, depois de pegá-lo, traga a minha Olímpia, ali estão os olhos!" Então Nathanael viu um par de olhos sangrentos no chão — encarando-o. Spalanzani pegou-os com a mão não ferida e os jogou para Nathanael, e eles atingiram seu peito. Neste momento, a loucura o agarrou com garras ardentes, penetrou em seu íntimo e rasgou-lhe a consciência e o pensamento.

53471

"Ui, ui, ui! — roda de fogo — roda de fogo! — gira, roda de fogo — divertido — divertido! — boneca de pau, ui, linda boneca de pau, gira", e nisso ele se atirou sobre o professor e apertou seu pescoço. Ele o teria estrangulado, não fossem os homens que, atraídos pelo barulho, entraram no aposento e contiveram o furioso Nathanael, assim salvando o professor, que logo foi socorrido. Siegmund, forte como era, não foi capaz de conter o vociferante, que não parava de gritar com voz pavorosa: "Boneca de pau, gira", e dava socos no ar. Por fim, vários homens juntos conseguiram rendê-lo, imobilizando-o contra o chão. Suas palavras se afogavam num terrível berreiro animalesco. Louco de pedra, foi levado ao hospício.

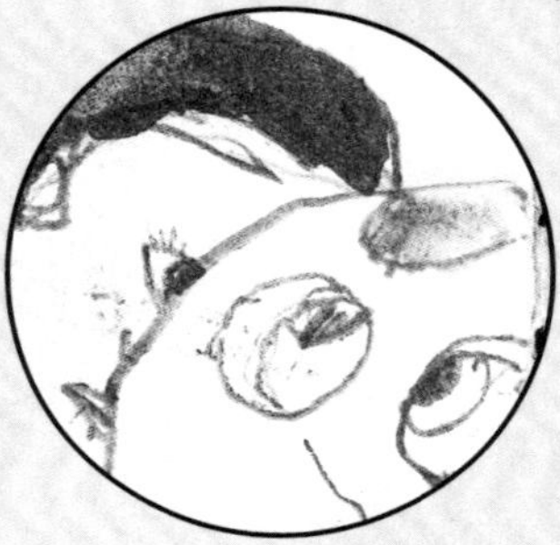

Antes que eu, benévolo leitor, continue a narrar o que aconteceu com o desventurado Nathanael, posso lhe garantir, caso se interesse pelo habilidoso mecânico e fabricante de autômatos Spalanzani, que ele ficou completamente curado de seus ferimentos. Teve, contudo, de abandonar a universidade, porque a história de Nathanael causara sensação, e todos foram unânimes em reprovar que uma boneca de pau passasse por uma pessoa real em rodas de chá (nas quais Olímpia se saía bem). Os juristas consideraram inclusive uma fraude ardilosa, digna de punição mais severa, pois era uma trapaça contra o público, e tão astuciosa que ninguém percebeu, salvo alguns estudantes mais espertos. Agora, porém, todos alegavam ter desconfiado e procuravam invocar fatos que haviam considerado suspeitos. No entanto, não apresentaram nada que fosse razoável. Por exemplo, não poderia parecer suspeito que, segundo o depoimento de um elegante frequentador daquelas rodas de chá, Olímpia, contrariamente às boas maneiras, espirrasse com mais frequência do que bocejasse? O espirro, ele dizia, ocorria quando o mecanismo escondido dava corda a si mesmo, e então rangia nitidamente etc. O professor de poesia e eloquência cheirou uma pitada de rapé, fechou a lata, pigarreou e, solene, disse: "Veneráveis senhoras e senhores! Não notaram por acaso qual é a verdadeira questão? É tudo uma alegoria... uma metáfora ampliada! Os senhores me compreendem! *Sapienti sat*!".

Mas muitos dos veneráveis senhores não ficaram tranquilos; a história do autômato criara raízes em suas almas e acabou por instilar uma execrável desconfiança em relação a figuras humanas. Muitos enamorados, para se convencer de que a amada não era uma boneca de pau, exigiam que ela cantasse e dançasse fora do compasso, que quando eles lessem em voz alta ela tricotasse, bordasse, brincasse com o cãozinho etc., e sobretudo que ela não só ouvisse, mas também às vezes falasse de tal modo que se subentendesse que por trás das palavras havia pensamento e sensibilidade. O relacionamento amoroso de muitos ficou mais forte e também mais harmonioso; outros, no entanto, se separaram discretamente. "De fato não vale a pena", diziam alguns. Nos chás, bocejava-se muito mais e jamais se espirrava para não levantar suspeita. Spalanzani teve, como se sabe, de fugir da investigação criminal devido ao autômato que introduziu na sociedade, trapaceiramente. Coppola também desapareceu.

Nathanael acordou como que de um sonho pesado e assustador; abriu os olhos e sentiu um suave calor celestial, uma indescritível sensação prazerosa. Viu-se

na cama de seu quarto em sua cidade natal; ao lado de Clara, que estava inclinada sobre ele, encontravam--se sua mãe e Lothar. "Finalmente, finalmente, meu querido, agora você está curado de uma doença grave, agora você é meu de novo!" Assim falou Clara, bem do fundo do coração, e abraçou Nathanael. Lágrimas ardentes de melancolia e deleite brotaram dos olhos do rapaz, que soltou um profundo gemido: "Minha... minha Clara!". Siegmund, que nos momentos de maior necessidade se mantivera firme e fiel ao lado do amigo, entrou no quarto. Nathanael estendeu-lhe a mão: "Você, meu fiel amigo, não me abandonou". Todos os vestígios de loucura haviam se dissipado; Nathanael logo se fortaleceu com os esmerados cuidados da mãe, da amada, dos amigos. Foi então que a sorte lhes bateu à porta: um tio velho e avaro, de quem não esperavam nada, morreu e deixou para a mãe de Nathanael, junto com uma significativa fortuna, uma fazendola numa região agradável não distante da cidade. Para lá queriam se mudar, sua mãe, Nathanael com sua Clara, com quem agora planejava se casar, e Lothar. Nathanael estava mais suave e infantil do que nunca, e somente agora reconhecia o temperamento divinamente puro e extraordinário de Clara. Nada diziam que o fizesse recordar o passado. Só quando Siegmund se despediu dele, Nathanael falou: "Por Deus, irmão! Eu estava no caminho errado, mas em boa hora um anjo me guiou para a vereda de luz! Ah, Clara!". Siegmund o interrompeu, temendo que recordações profundamente dolorosas pudessem vir à tona, vivificadas.

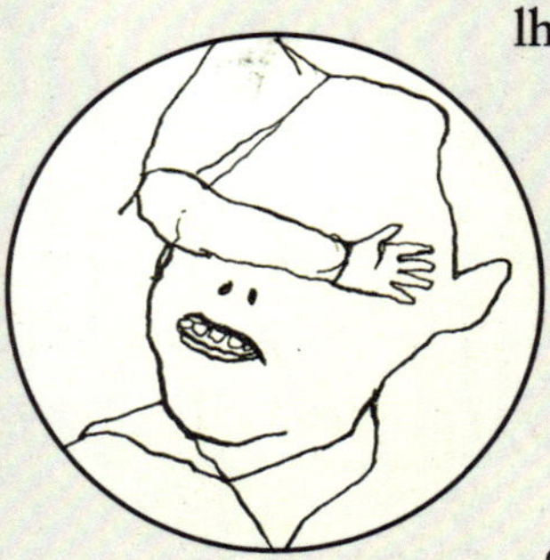

Chegou o dia em que os quatro felizardos se mudaram para a fazendola. Ao meio-dia eles atravessaram a cidade. Haviam feito compras, a alta torre do conselho lançava suas gigantescas sombras sobre o mercado. “Ei!”, disse Clara, “vamos subir e ver as montanhas ao longe!” Dito e feito! Nathanael e Clara subiram, a mãe foi para casa junto com a criada, e Lothar, pouco disposto a subir muitos degraus, preferiu aguardar embaixo. Lá, na mais alta galeria da torre, os dois amantes de braços dados contemplavam os bosques perfumados, atrás dos quais se erguia, qual imensa cidade, uma serra azul.

“Olha aquele arbusto cinza, pequeno e esquisito, que parece estar vindo bem em nossa direção”, disse Clara. Nathanael, num gesto mecânico, pôs a mão no bolso lateral; achou a luneta de Coppola, olhou e diante da lente estava Olímpia! Um tremor convulsivo percorreu-lhe as veias e o pulso — pálido como um cadáver, olhou para Clara, mas logo irrompeu uma labareda ardente, fazendo seus olhos virarem. Vociferando como um animal perseguido, dava saltos e começou a rir de maneira pavorosa e gritar num tom cortante: “Gira, boneca de pau, gira... gira, boneca de pau, gira”. Agarrou Clara com violência e tentou arremessá-la para baixo, mas ela, desesperada, temendo a morte, se segurou bem firme no parapeito. Lothar, ao ouvir os berros do louco e os gritos angustiados de Clara, teve um pressentimento terrível e subiu correndo; a porta da segunda escada estava fechada — os berros desesperados de Clara ressoavam cada vez mais fortes. Enlouquecido de raiva e medo,

bateu-se contra a porta, que finalmente se abriu. Os gritos de Clara ficavam cada vez mais fracos, sua voz ia sumindo no vento: "Socorro... socorro". Ele a matou, gritou Lothar. A porta da galeria também estava fechada. Extraiu do desespero uma força colossal, e arrancou a porta dos batentes. Deus do céu! Na galeria, Nathanael segurava Clara, que balançava no ar, agarrando as barras de ferro com apenas uma das mãos. Veloz como um raio, Lothar pegou a irmã, ergueu-a e deu um soco na cara do furioso, que recuou, largando a presa.

Lothar desceu correndo com a irmã desfalecida nos braços. Ela estava salva. Na galeria, Nathanael pulava alto e vociferava: "Gira, roda de fogo... gira, roda de fogo". As pessoas correram em direção ao local da gritaria; dentre eles estava o enorme advogado Coppelius, que acabara de chegar à cidade e fora diretamente ao mercado. Queriam subir para conter o louco, e Coppelius, olhando para o alto, como os outros, riu, dizendo: "Ha ha, esperem só, ele virá abaixo sozinho". Nathanael parou de repente, como que petrificado, debruçou-se no parapeito, viu Coppelius e gritou: "Ha! Olhos bonitos... *belli occhi*", e pulou do parapeito.

Quando Nathanael jazia no chão com a cabeça esmagada, Coppelius já havia desaparecido na multidão.

Após muitos anos, reza a lenda que Clara foi vista de mãos dadas com um simpático homem, sentada à porta de uma casa de campo; em frente ao casal, duas crianças animadas brincavam. Seria possível concluir que Clara encontrou a serena felicidade doméstica condizente com sua mente alegre e cheia de vida, que Nathanael, dilacerado interiormente, jamais poderia ter lhe proporcionado.

Posfácio

Entre o autômato e o humano: As muitas artes de E. T. A. Hoffmann

MÁRCIO SUZUKI

Hoje um dos contos mais lidos da literatura ocidental, *O homem da areia* foi um fiasco de público ao ser lançado em 1816–17, e teve uma acolhida adversa por parte da crítica. O conto abria o volume *Peças noturnas*, cujo lançamento veio em seguida à publicação das *Peças de fantasia à maneira de Callot*, que, tendo saído um ano antes, haviam dado notoriedade ao escritor Ernst Theodor Amadeus Hoffmann (1776–1822). Goethe (1749–1832) chegou a dizer que o conto, junto com *O morgado* [*Das Majorat*], que também integrava o volume, eram "sonhos febris de um cérebro volúvel e doentio", "imaginações produzidas pelo uso exagerado do ópio". Com sua aversão ao romantismo, o grande escritor e poeta alemão parece ter se enganado: hoje a recepção é bem mais favorável a Hoffmann.

A maioria dos contos de Hoffmann — e não são poucos — foi inserida em coletâneas coesas, organizadas com esmero pelo autor. O título *Peças noturnas* é provavelmente inspirado nas artes plásticas, numa alusão a pinturas de cenas noturnas, em especial as produzidas por Pieter Brueghel, o jovem (c.1564–c.1638), e Salvator Rosa (1615–73). Os quadros desse gênero primam pelo contraste do claro-escuro, mas também por seus efeitos horripilantes e violentos. Também é possível que o nome tenha se originado na música: no outono de 1814, vieram à luz os primeiros noturnos, peças para piano solo compostas pelo irlandês John Field (1782–1837); o gênero logo ficaria conhecido graças aos *Noturnos* de Fréderic Chopin (1810–49).

O homem da areia, no entanto, teve mais sorte que as outras narrativas do volume. Ao cair nas mãos do pai da psicanálise, tornou-se obra incontornável para quem se interessa pela questão do duplo e daquilo que Freud (1856–1939) chamou *Das Unheimliche* — termo de difícil tradução, dada sua polissemia: a palavra pode significar medonho, lúgubre, ominoso, sinistro. O ensaio de Freud, publicado em 1919, também põe em relevo alguns dos motivos centrais do conto, como a ambivalência, positiva e negativa, da figura do pai, a identificação do velho advogado Coppelius e do vendedor de barômetros Coppola, cujos nomes remetem aos olhos: "*coppa*" em italiano significa "órbita ocular", o que, na interpretação freudiana, indicaria que o conto trata inconscientemente do medo da cegueira, isto é, simbolicamente, do medo da castração.

A narrativa tem, de fato, como um de seus fatores estruturantes, a figura do duplo: pela imaginação desenfreada do protagonista, sugere-se que Coppelius e Coppola (mas em outro registro também o professor Spalanzani e o charlatão Cagliostro) são a mesma pessoa; de modo análogo, haveria uma identificação ou duplicação entre Coppelius e o pai de Nathanael, e mesmo entre Clara e Olímpia. Todo o empenho da narrativa é suscitar a dúvida, a hesitação, a incerteza, que, como fica patente no caso das duas noivas, se traduzem na dificuldade de Nathanael em distinguir o que é autômato, mero mecanismo, do que é orgânico, humano. Coppelius e o pai, assim como depois Coppola e Spalanzani, estão em busca de criar um autômato que seja em tudo humano, mas sempre esbarram na dificuldade de produzir olhos que realmente sejam tais.

Hoffmann tinha grande interesse nas relações entre ciência e pseudociência, tanto que em outros contos ele trabalha com magnetismo e hipnotismo. Em *O homem da areia* além da alquimia e dos autômatos, são centrais barômetros, lunetas e óculos. O escritor sabe explorar a zona de incerteza entre o uso científico dos instrumentos e sua manipulação pelos charlatões, a fim de criar a atmosfera de terror e alucinação que envolve o protagonista.

Os conhecimentos médicos e jurídicos de Hoffmann

Em sua estadia em Bamberg, entre 1808 e 1813, o escritor se aprofundou no estudo da medicina, tendo lido autores que se destacavam na pesquisa sobre doenças mentais, como Philippe Pinel (1745–1826) e Johann Christian Reil (1759–1813). Reil, o primeiro a empregar o termo psiquiatria, ressaltava a dificuldade de separar e classificar as doenças mentais, questão particularmente presente no romance que Hoffmann escreveu na mesma época do conto, *Os elixires do diabo. Papéis póstumos do irmão Medardo, um capuchinho* (1815–16).

Em Bamberg, Hoffmann frequentou o hospital para doentes psiquiátricos graças a seu relacionamento com os médicos Adalbert Friedrich Marcus (1753–1816) e Friedrich Speyer (1782–1839). Apesar de seu contato próximo com a filosofia de natureza e a medicina românticas, Hoffmann sempre se manteve cauteloso em relação a experimentos que lhe pareciam inseguros e invasivos. Hoje parece ponto pacífico que a leitura de *O homem da areia* não pode deixar de levar em conta o cabedal médico-psiquiátrico adquirido pelo escritor em Bamberg. Se é assim, o conto pode e deve ser lido também como um *caso clínico*, e por isso será inevitável a comparação com outra narrativa importante, o romance *Anton Reiser*, de Moritz (1756–93).[1] Publicado cerca de trinta anos antes (1785–86), a obra enfoca as agruras da formação de um indivíduo que, entre outras coisas, fracassa em sua tentativa de se tornar ator. Mas o essencial é que Moritz também entende seu romance, basicamente autobiográfico, como a exposição de um caso psicológico a ser estudado e, se possível, evitado. Na mesma época, ele desenvolvia uma concepção de psicologia experimental que se baseava no estudo de casos considerados patológicos, mas atenta à especificidade de cada indivíduo. Algo muito semelhante sucede na narrativa de Hoffmann: embora

---

1 Karl Philipp Moritz, *Anton Reiser*, trad. José Feres Sabino. São Paulo: Carambaia, 2018.

essencialmente ficcional, ela guarda algo das experiências amargas do autor em tentar se firmar como músico e diretor musical em Varsóvia, Bamberg e Dresden. Alguns comentários lembram que o significado de Nathanael em hebraico ("dom de Deus") também está presente em Theodor (Teodoro), do segundo nome, de origem grega, do escritor.

Ainda que não seja possível provar que Hoffmann tenha lido os números da *Revista de psicologia experimental* de Moritz, seus conhecimentos de psiquiatria e psicologia ajudam a redimensionar o apreço de Freud por *O homem da areia*. De fato, é preciso ter em mente que Hoffmann sabe o que é um relato médico, e uma de suas habilidades está em colocar esse conhecimento em função não só do conteúdo, mas da própria articulação da obra. Sem saber ou atentar para isso, mas provavelmente também atraído pelo "ar de família" que sentia na narrativa, Freud leu uma obra literária que na verdade estava lastreada naquilo que viria a ser central para a psicologia profunda: o estudo de caso baseado não tanto na observação direta, mas no relato do paciente e dos que lhe estavam próximos.

Hoffmann estudou direito em Königsberg (atual Kaliningrado), concluindo o curso em 1795. De 1815 a 1822 exerceu o cargo de juiz penal em Berlim, onde também teve de se haver com casos em que a absolvição ou penalização do acusado dependiam de laudo sobre sua saúde mental. Como juiz, Hoffmann defende que, não havendo total clareza dos estudos médicos sobre a loucura nem uma classificação de suas manifestações, o parecer final para cada caso deveria ser confiado a um grupo interdisciplinar, em que também atuariam filósofos. Igual opinião sustentava Immanuel Kant (1724-1804), de quem Hoffmann havia sido aluno em Königsberg.

Para Kant, que se baseia em médicos importantes da época, a dificuldade em identificar a enfermidade mental está em que sua causa pode ser tanto física quanto psíquica, o que dificulta o diagnóstico. Além disso, muitos pacientes não conseguem exprimir direito o que estão sentindo em seus achaques mais simples (o caso emblemático é o hipocondríaco, mas também vale em geral para o melancólico). Hoffmann explora bem esse problema da (in)compreensibilidade entre médico e paciente, entre o indivíduo saudável e o doente, pois também o registro médico esteia o relato literário.

A construção literária e artística do conto

O primeiro artifício empregado no conto para produzir o necessário estranhamento são as três cartas iniciais. A literatura do século XVIII costuma recorrer à troca epistolar para dar verossimilhança aos fatos apresentados, uma vez que esse expediente elimina a intervenção do narrador. Em *O homem da areia*, o leitor é assim inicialmente colocado na situação de vivenciar o estado de terror de Nathanael, em contraponto à atitude racional e ponderada de Clara e seu irmão Lothar. Mas o jogo se embaralha, pois em seguida intervém o narrador, que assume a tarefa de expor todos os episódios da vida de Nathanael até seu trágico desenlace. A crescente incompreensão vai cavando um fosso entre o protagonista cada vez mais ensimesmado e seus próximos, e a credibilidade do que está sendo contado se dá também graças ao traço estilístico peculiar das narrativas hoffmannianas, as quais, além dos recursos já mencionados, se valem da aproximação entre a literatura e as outras artes. As *peças noturnas*, como se viu, tiram sua inspiração formal da pintura, e não por acaso o narrador faz uma observação a respeito da dificuldade de Nathanael em expor o que ocorre em seu íntimo: se ele fosse um pintor hábil, em lugar de querer explicar tudo de uma vez, ele teria primeiro de "esboçar o contorno" de sua imagem interior com alguns "traços arrojados", que depois ele iria colorindo para que os amigos tivessem uma viva impressão do que está se passando com ele. Ora, mas esta é nada menos que a estratégia seguida pelo próprio narrador, que a professa logo depois de transcrever as cartas iniciais [p. 41].

Em *Os irmãos de são Serapião* (1819-21), ciclo de histórias publicadas posteriormente, Hoffmann confere igual importância ao retrato e à pintura, fatores que, segundo o escritor, contribuem para a força do conto fantástico. Mas *O homem da areia* também tem outro de seus elementos constitutivos na música e na dança: Olímpia toca piano com habilidade e canta uma ária "com voz límpida e quase cortante de sino de vidro" [p. 72]. De enorme impacto, a cena em que Nathanael dança com ela é uma espécie de clímax de suas projeções equivocadas. Em seus *Contos de Hoffmann* (1881), o compositor alemão Jacques Offenbach (1819-80) procurou explorar a ideia insólita da musicalidade de um autômato.

Outro elemento, agora literário, não menos importante para a estruturação da narrativa é o conto de fadas: Hoffmann faz crer que o homem da areia é personagem daquelas histórias que se embutem no âmago das crianças quando contadas à noite pelas mães e amas-secas. Cabe lembrar, aliás, que o nome *Peças noturnas* também pode ter sido atribuído devido ao horário em que Hoffmann as escrevia. Sem tempo durante o dia em razão de seu cargo de juiz, ele era obrigado a redigi-las à noite, não raro depois de bebedeiras com seu círculo fiel de amigos. O enredo do conto, com a paixão do herói por uma boneca, também lembra a lenda da noiva cadáver (que tem versão cinematográfica assinada por Mike Johnson e Tim Burton).

Embora incluída nas peças noturnas, *O homem da areia* é, pois, uma narrativa de difícil classificação: tem algo de romance gótico, de história de fantasma e de amor, de relato médico, e também de história da formação fracassada de um artista. Toda essa mistura serve para criar a atmosfera de incerteza que oscila entre o ponto de vista individual e o social, entre loucura e razão, entre o automatismo da máquina e a espontaneidade do homem. Ainda que outros contos sejam estilisticamente mais marcantes no que diz respeito ao gênero, *O homem da areia* não deixa de fazer parte das narrativas fantásticas do escritor.

Por fim, cabe obviamente ao leitor dizer se a construção é convincente, se a história consegue ser horripilante o bastante. Se o resultado é positivo, isso se deve à *técnica* empregada pelo autor: ao contrário do que opinara Goethe, o conto não é "o delírio febril de uma mente que exagerou no ópio", mas uma advertência, compassiva, a respeito do desamparo de alguém que se encontra numa situação como a do protagonista. Hoffmann foi *romântico* num sentido muito próprio, pois, bem entendido, seu romantismo não é sinônimo de espontaneísmo, efusão, exaltação, mas supõe muito conhecimento artístico e técnico (não se deve esquecer que ele foi também um crítico musical importante). O conto, como assinalado por muitos, gira em torno das diferentes perspectivas que o compõem, mas ele também sabe se posicionar como numa pintura cujo ponto de fuga estivesse situado a igual distância entre o medo aterrador de perder os olhos e os olhos postiços, as lunetas e lentes que os homens da areia (o pai, Coppelius, Coppola, Spalanzani) procuram tornar vivos. Todo o seu êxito depende, então, do *ponto de vista*, palavra essencial no vocabulário do pintor, assim como no léxico do narrador.[2]

MÁRCIO SUZUKI nasceu em Barretos, São Paulo, em 1961. É livre-docente, professor de estética do departamento de filosofia da USP e pesquisador do CNPq. Traduziu autores como Friedrich Schiller, Friedrich Schelling e Heinrich Heine. Além de artigos em revistas como *Serrote*, *Discurso* e *Cadernos de Literatura Brasileira*, publicou *A forma e o sentimento do mundo: Jogo, humor e arte de viver na filosofia do século XVIII* (Editora 34, 2014) e *O gênio romântico* (Iluminuras, 1998).

2 Este posfácio é em grande medida resultado de conversas com o tradutor José Feres Sabino, a quem agradeço também pela leitura. Algumas referências nela utilizadas: Peter Bekes, *E. T. A. Hoffmann. Der Sandmann*. Stuttgart: Reclam, 2006. Detlef Kremer (org.), *E. T. A. Hoffmann. Leben. Werk. Wirkung*. Berlim/Nova York: de Gruyter, 2009. Christine Lubkoll/Harald Neumeyer, *E. T. A Hoffmann Handbuch*. Stuttgart: Metzler, 2015.

Sobre o artista

EDUARDO BERLINER nasceu no Rio de Janeiro, em 1978, onde vive e trabalha. Formado em Comunicação Visual pela PUC-Rio, cursou mestrado em tipografia pela University of Reading (Inglaterra) e estudou arte e desenho com o professor Charles Watson. Expôs individualmente no Museu Lasar Segall (São Paulo, 2022); na Galeria Triângulo (São Paulo, 2010, 2016 e 2019); na Fundação Eva Klabin (São Paulo, 2015); na Casa Daros (Rio de Janeiro, 2014); e no Centro Cultural Banco do Brasil do Rio de Janeiro (2013). Entre as principais exposições coletivas que participou estão a *Tools for Utopia*, Kunst Museum Bern, (Suíça, 2019); *A cor do Brasil*, Museu de Arte do Rio de Janeiro (2017); *E se quebrarem as lentes empoeiradas?*, Instituto Tomie Ohtake (São Paulo, 2015); *Pangaea* II, Saatchi Gallery (Londres, 2015); *Dark Mirror: Art from Latinamerica since 1968*, Wolfsburg Kunstmuseum (Alemanha, 2015); *Broken English*, Tyburn Gallery (Londres, 2015); e 30ª Bienal de São Paulo (2012). Foi vencedor do prêmio Marcantonio Vilaça em 2010 e finalista do prêmio Pipa em 2011. Durante o mestrado, desenhou a fonte para texto Pollen, vencedora do ISTD Premier Award de 2011. Seus trabalhos fazem partes de instituições como o Museu of Modern Art de Nova York; Daros Collection de Zurique; K11 Art Mall de Hong Kong; Museu de Arte Latino-Americana de Buenos Aires; Museu de Arte do Rio de Janeiro; Museu de Arte Moderna do Rio de Janeiro; Pinacoteca de São Paulo; e Museu de Arte Moderna de São Paulo. A primeira vez que desenvolveu trabalhos com base em um texto literário foi em 2013 para o livro *Fábulas completas*, de Esopo (Cosac Naify). Entre 2016 e 2019 ilustrou uma série de livros de Walter Hugo Mãe para a Biblioteca Azul.

Sobre os tradutores

MARCELLA MARINO M. SILVA possui graduação e mestrado em filosofia pela Universidade de São Paulo (USP) e formação em psicanálise pelo Fórum do Campo Lacaniano em São Paulo. Traduziu, entre outros, as *Atas da Sociedade Psicanalítica de Viena* (Scriptorum, 2015), o ensaio de Thomas Mann ao romance *Anna Kariênina* de Liev Tólstoi (Editora 34, 2021) e *Lições sobre a consciência de imagem*, de Edmund Husserl.

JOSÉ FERES SABINO é doutorando do departamento de filosofia da Universidade de São Paulo (USP), onde também concluiu sua graduação e mestrado. Traduziu diversas obras, entre as quais *Anton Reiser: um romance psicológico*, de Karl Philipp Moritz (Carambaia, 2019), *O enteado*, de Juan José Saer (Iluminuras, 2002), e *Filmar o que não se vê*, de Patricio Guzmán (Edições Sesc, 2017). É autor de *Ensaios de Karl Philipp Moritz: linguagem, arte, filosofia. Seleção, introdução, tradução e notas* (Edusp, 2022).

Título original: *Der Sandmann* (1815–16)

Edição
Maria Emília Bender

Revisão
Débora Donadel

Projeto gráfico
Elaine Ramos

Reproduções das obras da capa e das pp. 83 e 98–99
Thales Leite

Tratamento de imagem
Carlos Mesquita

Produção gráfica
Marina Ambrasas

Acabamentos manuais da edição especial
Enrique Casas

Equipe Ubu

Direção editorial
Florencia Ferrari

Coordenação geral
Isabela Sanches

Direção de arte
Elaine Ramos, Júlia Paccola [assistente]

Editorial
Bibiana Leme, Gabriela Naigeborin

Direitos autorais
Júlia Knaipp

Comercial
Luciana Mazolini, Anna Fournier [assistente]

Comunicação / Circuito Ubu
Maria Chiaretti e Walmir Lacerda [assistente]

Design de comunicação
Marco Christini

Gestão Circuito Ubu / site
Laís Matias

Atendimento
Micaely Silva

Esta tradução recebeu o apoio do Goethe-Institut

Dados Internacionais de Catalogação na Publicação (CIP)
Elaborado por Vagner Rodolfo da Silva – CRB-8/9410

H711h Hoffmann, E. T. A. (1776–1822)
O homem da areia / E. T. A. Hoffmann. Título original: *Der Sandmann*. Tradução de José Feres Sabino e Marcella Marino M. Silva; posfácio de Márcio Suzuki; ilustrações de Eduardo Berliner. São Paulo: Ubu Editora, 2023. 112 p.: 50 ils.
ISBN: 978 85 7126 101 3

---

1. Literatura alemã. 2. Conto. 3. Clássico. 4. Ficção.
I. Título. II. Eduardo Berliner.

2022-2961 CDD 830 CDU 821.112.2

Índice para catálogo sistemático:
1. Literatura alemã 830
2. Literatura alemã 821.112.2

UBU EDITORA
Largo do Arouche 161 sobreloja 2
01219 011 São Paulo SP
ubueditora.com.br
professor@ubueditora.com.br
/ubueditora

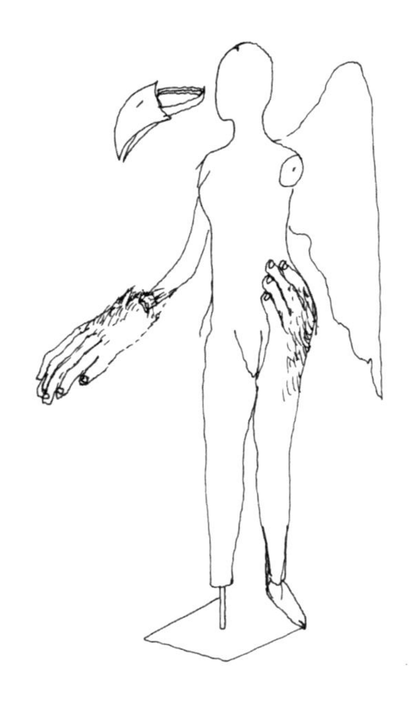

TIPOGRAFIA
Epicene Text e Display

PAPEL
Pólen bold 90 g/m²

IMPRESSÃO E ACABAMENTO
Ipsis